Le Réveillon de Socrate

Micheline Cumant

Le Réveillon de Socrate

Où le détective… est le chat !

L'histoire est imaginaire, mais basée sur un événement réel : l'affaire des faux tableaux de Vermeer peints en réalité par le faussaire Han Van Meegeren, qui éclata en 1945 en Allemagne et aux Pays-Bas.

2ème édition 2018 Micheline Cumant
Édition : BoD – Books on Demand
12/14 rond-point des Champs-Élysées, 75008 Paris
Imprimé par Books on Demand GmbH, Norderstedt, Allemagne
Dépôt légal : Avril 2018
ISBN : 9782322157853

Rue Servandoni, Paris, 6ème arrondissement :

La rue Servandoni, vue de la Rue de Vaugirard (Paris 6ème)

La maison du crime :

4ème étage :	Étudiant en droit.	Dame âgée propriétaire de plusieurs appartements.
3ème étage :	Ferdinand Boulard, auteur de romans policiers, et ses poissons rouges.	Moi, professeur de français, le chat Socrate, mon ami André.
2ème étage :	Officier de police Le Guennec, et son amie Clara.	Couple d'enseignants, leurs deux enfants, un chien, une tortue.
1er étage :	Pied-à-terre d'un homme d'affaires américain.	Couple de patrons de café-tabac.
Rez-de-Chaussée :	Gardienne, ses deux enfants, son chat et son canari.	Dépôt de magasin.

I.

Il y a maintenant trois jours que je vis dans cet appartement. Les valises et les cartons ont disparu à la cave. Les livres s'entassent dans un coin, et je commence à dresser la liste des meubles qui me manquent. Dans la vieille commode que j'ai pu sauver de mes naufrages passés, mes papiers et "mon trésor": ma future thèse en la matière du vieil ouvrage avec lequel j'espère recommencer ma vie.

Car je viens de vivre quelques années pénibles, et je peux redémarrer. Mais peut-être est-ce seulement maintenant que mon histoire commence ?

Quelques années auparavant, j'avais rompu avec mes parents - de banales histoires de petites gens qui veulent voir leur fille devenue enseignante, mais restée célibataire veiller sur leurs vieux jours - et terminé ma licence et ma maîtrise de lettres en travaillant comme maître auxiliaire dans un C.E.S. En fac, lors d'une manifestation lors du vingtième anniversaire de Mai 68, j'avais rencontré Jean-Michel et nous étions partis dans sa province natale où nous avions enseigné dans le même établissement.

Les roucoulements des débuts évoluent. J'aimais le grec, le latin, je traduisais Saint Ambroise et lisais des ouvrages traitant de l'alchimie, Jean-Michel faisait du jogging, ne lisait dans les journaux que ce qui avait trait à la politique, et assistait assidûment aux réunions syndicales. Et sa famille lui ressemblait. La dernière année avait été plus que pénible: la directrice avait supprimé les classes de grec et de latin "pour cause d'effectifs insuffisants", et les avait remplacées en me collant des heures de musique, de dessin - j'avais eu le malheur de lui dire que c'étaient mes distractions favorites - et de travaux manuels, et mon bel amoureux se moquait de moi et de mes goûts passéistes devant les collègues. J'avais essayé de préparer l'agrégation par correspondance, mais Jean-Michel s'esclaffait constamment devant les sujets proposés et ne manquait pas de lâcher un commentaire méprisant à chaque fois que j'entreprenais une version latine ou grecque, me demandant "à quoi cela allait bien servir", car pour lui la littérature commençait à Victor Hugo, pour sauter très vite au vingtième siècle, avec seulement une exception pour Molière "parce qu'il se moquait des nantis". J'avais beau tenter de lui expliquer que nos ancêtres n'avaient pas l'esprit autrement tourné que nous, et que l'histoire ne faisait jamais que se répéter, il ne savait que me répondre par des arguments du genre "brûlons les livres et sortons dans la rue", oubliant que la notion de république avait été inventée bien avant la Révolution Française et encore plus avant mai 68.

Un jour, déprimée, j'étais entrée dans une église où j'avais prié des heures. Je n'étais pas extrêmement pratiquante, mais je ne pouvais vivre sans avoir de ces moments de recueillement qui me permettaient de recharger mes batteries: certains font du yoga ou de la méditation transcendantale, moi je restais dans les traditions de notre vieille Europe et je visitais les cathédrales ou j'allais me ressourcer dans un lieu de culte, de quelque confession qu'il soit. Jean-Michel m'avait vue et j'avais eu droit à une scène, avec un sermon digne du "petit père Combe"[1] à la clef. Selon lui, je trahissais l'école de Jules Ferry. Encore heureux que j'aie pensé à cacher ma Bible - j'étais de confession protestante et l'avais reçue avant ma première communion, j'y tenais. Il s'était la veille moqué de moi lorsque, dans une foire aux puces, j'avais voulu acheter un

---

[1] Émile Combes (1835-1921), ancien séminariste, sénateur radical-socialiste puis président du Conseil en 1902, connu pour son action anticléricale pour l'école laïque et l'un des principaux acteurs de la séparation de l'Église et de l'État en 1905.

ouvrage de Venance Fortunat[2], car pour lui le Moyen-âge était une période obscurantiste, et il avait déclaré qu'il fallait réformer mon esprit. Je m'étais depuis longtemps rendu compte que ses connaissances littéraires n'allaient pas très loin et qu'il n'avait obtenu sa licence que grâce à mon aide, même pour des auteurs contemporains.

J'avais alors pris une chambre seule, chez des propriétaires irascibles pour qui "les profs" étaient des privilégiés, toujours en vacances, et, à la fin de l'année, demandé un poste en région parisienne.

En repartant pour ma ville natale, je savais ce qui m'attendait: je toucherai ma paye encore jusqu'en septembre, j'aurai sûrement un nouveau poste - on embauchait beaucoup d'auxiliaires, ils coûtaient moins cher - mais, comme pour tous ceux de ma catégorie, les lenteurs administratives feraient que je ne serai payée de nouveau qu'au bout de plusieurs mois. Tant pis, tout valait mieux que cet exil, cette ville que les gens n'adorent que quand ils ne font qu'y passer leurs vacances, et où plus rien ne me retenait.

---

[2] Saint Venance Fortunat (vers 530 – 609), d'origine italienne, évêque de Poitiers, poète chrétien, auteurs d'hymnes d'église restés dans la liturgie et de poèmes lyriques, ainsi que de biographies de saints.

II.

Le train avait eu du retard et j'avais raté la correspondance. Trois heures d'attente, dans une ville que j'avais décidé de visiter, et qui s'avérait sans charme. Cherchant de la lecture, au cas où les retards de trains se prolongeraient, j'étais entrée dans une vieille librairie, dont l'étalage offrait quelques policiers d'occasion : on ne lit pas que Thucydide, surtout dans les salles d'attente. N'étant pas pressée, je passais les rayons en revue.

— Je peux vous aider ?"

La voix était celle de la libraire qui devait avoir l'âge de sa boutique, et égrenait un chapelet en me regardant d'un œil endormi déambuler entre best-sellers d'il y a vingt ans, livres de cuisine et guides touristiques périmés.

On a quelquefois des inspirations. J'avais repéré quelques exemplaires des écrits de Rabelais, et, un "San Antonio" à la main, lui avais demandé si elle avait de la littérature du Moyen-âge ou de la Renaissance. La vieille femme avait alors paru rajeunir, et, tout en tripotant quelques ouvrages sans grand intérêt, s'était lancée dans une conversation à une seule voix où la décadence des mœurs actuelles et les malheurs du monde se mêlaient à ses histoires de famille. J'étais trop fatiguée pour animer la conversation qui ne m'intéressait qu'à moitié, et me contentais de l'écouter poliment, regardant machinalement les ouvrages qu'elle me désignait.

— Vous connaissez le latin ?" me demanda-t-elle à un moment.

M'entendant répondre que je l'enseignais, elle me tendit un livre qu'elle me dit venir de la bibliothèque du monastère où son frère avait fini ses jours. L'ouvrage datait de la fin du siècle dernier, et semblait être une sorte de recueil d'historiettes, dans un latin tardif. Une introduction de l'auteur, assortie de commentaires prévenant le lecteur du contenu plutôt grivois de l'ouvrage qu'il ne fallait pas laisser à la portée des jeunes filles de l'époque, expliquait que ce texte venait d'un manuscrit du treizième siècle, d'auteur anonyme, dont il donnait les références à la Bibliothèque Nationale.

Sans me le formuler vraiment, je n'avais alors qu'une envie: avoir quelque chose à faire, retrouver l'ambiance de recherches où je me sentais chez moi. Je me jetai sur le livre, ma déprime pesa d'un coup moins lourd, j'eus l'impression que les dernières années avaient passée plus vite, et ma mémoire les mit immédiatement entre parenthèses. Je redevenais moi-même, il y avait quelque chose à faire avec cet ouvrage, même si bien sûr son authenticité restait à prouver. Un article? Ou même une thèse? En tout cas, je devais le prendre pour compagnon. Je me fis préciser l'adresse du monastère, demandai sa carte à la libraire, et m'offris l'ouvrage pour une somme modique, avec la "Guerre des Gaules" [3], dont Jean-Michel avait jeté l'exemplaire que je possédais, deux policiers, et quelques images pieuses que la libraire tint à m'offrir. Elle n'avait sans doute pas réalisé une aussi grosse vente depuis des mois.

---

[3] « *Commentaires sur la guerre des Gaules* », de Jules César (100 avant Jésus-Christ-44 av. J.C.), ouvrage ayant fait souffrir de nombreux élèves en cours de latin …

III.

J'avais ensuite voyagé debout, et débarqué à la gare pour me souvenir que je n'avais pas de logement, que l'on était au début de juillet, et que les vagues amis qui m'étaient restés risquaient d'être en vacances. Une chambre d'hôtel plutôt miteuse, mais dans mes moyens, trouvée au bout de quelques heures de pérégrinations avait été bien venue. La soirée s'était passée à déchiffrer mon acquisition, dont j'avais conclu qu'elle mériterait une thèse si les indications de l'auteur s'avéraient justes. Il faudrait que je renouvelle au plus tôt ma carte de la Bibliothèque Nationale.

Le lendemain, après avoir par précaution fait photocopier l'ouvrage, je me rendis à la Sorbonne pour me renseigner sur les inscriptions. Aïe ! Je mettais la charrue avant les bœufs : je n'avais pas encore d'adresse officielle, et l'hôtel me paraissait douteux en ce qui concernait le courrier. Et quel directeur de recherche choisir ? Ceux que j'avais connus ne travaillaient pas dans ce domaine. Mais pour cela, j'avais tout l'été. Avant tout, il me fallait une chambre, et les deux-mois-de-loyer-plus-caution demandés généralement étaient pour moi du domaine de l'utopie. Je me jurai de ne plus jamais ouvrir de compte joint: Jean-Michel l'avait vidé lorsque j'étais partie - l'argent m'indifférait assez, du moment que j'avais de quoi vivre, et je l'avais laissé gérer notre budget commun. Lui, il avait un compte-épargne personnel, et, au lieu de me conseiller d'en faire autant, il se contentait de me traiter avec commisération d'"artiste" avec des "si je n'étais pas là, ma pauvre fille..." Il ne me restait que ma dernière paye, et bien sûr mon compte n'était pas domicilié à Paris.

Quelques coups de téléphone étaient tombés sur des absents ou des gens autant dans la mouise que moi, qui me reprochaient d'avoir quitté "une aussi jolie ville au bord de la mer" pour Paris où les loyers étaient exorbitants.

Autant pour me maintenir le moral que pour prendre le frais, les vieilles pierres ont toutes les vertus, j'étais restée à arpenter les couloirs de la Sorbonne, et étais tombée sur Anne en train de s'énerver après un appariteur à cause d'une signature manquant sur un dossier.

J'avais connu Anne au lycée, et nous avions passé tous nos jours de congé unies par une commune passion pour l'astrologie, Jean-Sébastien Bach et les chats. Nous avions commencé nos études de lettres ensemble, mais Anne s'était arrêtée après la licence pour entrer dans l'Administration, et mon départ en province me l'avait fait perdre de vue. J'appris qu'elle était à présent dotée d'un mari éditeur et de deux petites filles, que son travail de fonctionnaire lui laissait l'esprit libre pour tenir la rubrique astrologique d'une revue, et qu'elle désirait entreprendre une thèse sur Nostradamus ou Paracelse. Elle poussa de hauts cris lorsque je lui racontai mes mésaventures avec Jean-Michel qu'elle qualifia de tous les noms d'oiseaux que comportait son vocabulaire, et m'offrit de m'installer chez elle. Ses enfants étaient en vacances chez la grand-mère et elle-même et son mari partiraient en août, je pourrai m'occuper de leurs deux chats.

Nous achevâmes nos biographies respectives au cours du dîner, et mon histoire de la vieille libraire les amusa beaucoup.

— Tu vois qu'il arrive toujours quelque chose qui vous remet dans la bonne direction", me dit Anne, " partir en province, toi ! Dans une ville qui a un passé historique, des archives, des recherches à faire, je ne dis pas, mais un endroit où les gens quittent leur bureau pour aller au tennis ou à la plage parce qu'il n'y a rien d'autre comme distraction, ce n'est pas pour toi. Ta vie, elle est dans les vieux grimoires. Quoi, passéiste ? Cesse de te tourmenter là-dessus, tu dis toi-même que les écrivains du Moyen-âge étaient des humains comme nous autres. Être utile à l'humanité ? Laisse ton Jean-Michel lire Marx, si encore il était secouriste ou boulanger, il pourrait dire qu'il fait quelque chose dont le résultat est palpable. D'ailleurs, est-ce qu'il t'a aidée, toi ? Il t'a seulement complexée parce que tu n'allais pas faire ton jogging avec lui pour t'entretenir les muscles. Ah, par contre, il n'a pas dû traumatiser ses élèves, quand ils faisaient des fautes de syntaxe, il devait leur dire qu'ils avaient le droit d'inventer une nouvelle forme de prosodie, pour ne pas "les brimer". J'ai raison ou pas ?"

J'en convins. Elle reprit:

— Tu as demandé ton changement ? Bon courage pour les paperasses et les files d'attente, je vais tout de suite te faire une lettre attestant que tu loges chez moi pour que tu aies une adresse officielle. As-tu contacté aussi le rectorat du privé ?

— Du privé? Non, je ne connais pas, et je suis dans le public, est-ce conciliable ?

— Tu cherches du travail, non ? En quoi est-ce que ça les regarde que tu cherches dans tous les azimuts ? Tu vas être dans un C.E.S. de banlieue, tu connais. Un poste d'auxiliaire, tu peux tomber sur le meilleur comme le pire, et tu vas encore déprimer avec des trajets qui vont te prendre tout ton temps, rappelle-toi ton année de licence, tes trois heures quotidiennes de trajet, et quand ce proviseur t'avait demandé: "Ah, vous n'avez pas de voiture ?" alors que tu pouvais tout juste payer le loyer de ta chambre de bonne, vu que tu n'avais pas tes parents derrière comme ton chéri. Et puis, qui te dit que tu auras un temps complet ? Donc, demande aussi un poste dans le privé, tu as plus de chance d'y utiliser tes études classiques et d'avoir ne serait-ce qu'un poste à temps partiel, mais moins loin. Et, éventuellement, tu pourras choisir.

— Chez les bonnes sœurs ?

— Mais tu retardes, ma pauvre, ce n'est plus du tout ça ! Ou c'est ton Jean-Michel qui t'influence encore ! Mes filles y sont, et je te jure qu'elles sont suivies, mais pas conditionnées.

Et si le public te perd dans ses dossiers, et qu'on ne te propose un poste que le 1er novembre ? Tu as absolument besoin d'avoir un travail à la rentrée, rien ne t'empêche d'exercer à mi-temps dans deux établissements, dont l'un est public et l'autre privé. Deux précautions valent mieux qu'une. Je te cherche l'adresse du rectorat."

François, quant à lui, examina l'objet de ma future thèse, et me donna l'adresse des éditeurs chez qui je pouvais espérer trouver un indice.

— Mais choisis bien ton directeur de recherche. Si le manuscrit ou l'édition originale de l'ouvrage existe bien à la Bibliothèque Nationale, un chercheur peu scrupuleux aura très envie de te chiper tes travaux et de les publier sous son nom, il y en a qui ne se gênent pas."

Nous avions terminé la soirée en nous racontant des histoires de fantômes et de vieilles maisons aux planchers qui craquent, histoire de s'empêcher de dormir, et Anne avait examiné mon thème astrologique qui disait que cette année marquait un tournant dans ma vie. Je n'en doutais pas.

IV.

Juillet et août s'étaient passés sans encombre. J'avais retrouvé le manuscrit d'origine et effectué la traduction de l'ouvrage. Un collège privé m'avait proposé un poste à temps partiel, j'étais au moins assurée d'avoir un travail; quant au public, étant donné mon changement de région, il avait perdu mon adresse, et une secrétaire débordée avait refait mon dossier de demande de poste en grognant après "ces gens qui déménagent". Mon problème était de trouver une chambre, car je ne pouvais encombrer Anne et François indéfiniment une fois leurs filles revenues. Ayant plus de vingt-cinq ans, je n'avais pas droit aux chambres d'étudiants, aussi pensais-je me mettre au pair auprès d'une personne âgée, les agences demandant trop cher et exigeant des garanties, et les propriétaires regardant d'un air soupçonneux "une femme seule", et me sortant qu'un prof n'avait qu'à se faire loger par l'Administration, alors que les seuls qui y avaient droit avec quelque certitude étaient les instituteurs en milieu rural.

Entre deux journées dans les bibliothèques, j'étais allée rendre visite à mon oncle qui tenait toujours une échoppe de cordonnier à Belleville. Il était la seule personne de la famille que je voyais toujours et à qui je donnais des nouvelles, car j'avais souvent passé avec lui et ses copains turfistes les dimanches de mon enfance, sur les champs de courses où il discutait le "papier" tandis que j'allais regarder les chevaux. J'étais devenue une experte du tiercé, ce qui avait toujours beaucoup amusé Anne qui me demandait comment on disait "P.M.U." en latin. L'oncle m'avait appris que l'alcoolisme avait eu raison de mon grand-père et que mes parents, persuadés qu'avec une licence en poche, on faisait rapidement fortune, m'avaient jugée indigne et ne voulaient plus entendre parler de moi.

Il m'assura que, si je ne trouvais pas d'autre solution pour me loger, il pouvait demander à son voisin restaurateur de débarrasser pour moi un petit réduit au-dessus de son établissement où il entassait des bouteilles vides. C'était mieux que rien, je n'avais rien contre l'odeur du couscous, que le père Moktar faisait très bien. Je l'avais accompagné aux courses, risquant sur des favoris quelques francs regagnés et aussitôt dépensés en cacahuètes à Enghien ou à Saint-Cloud.

Le quinté du dernier dimanche d'août avait été astronomique. J'encadrai la photo de l'arrivée, avec la partie du ticket qui me restait. Mon oncle, qui faisait aussi partie des heureux gagnants, s'offrit une camionnette, projeta d'agrandir sa boutique, et un festin accueillit Anne et sa famille à leur retour de vacances.

Dans la semaine qui suivit, François me trouva un petit appartement, qu'un de ses clients vendait à perte pour cause de droits de succession, et il me resta un peu d'argent que, sur ses conseils, je mis sur un compte-épargne. J'étais chez moi, dans une vieille maison près du Luxembourg, et même si l'électricité et la plomberie laissaient à désirer, j'y installai immédiatement un matelas, ma commode et mes bouquins.

Le réveil du premier jour fut un ravissement. Par la fenêtre ouverte, je voyais les vieilles pierres de la rue Servandoni, et les arbres du Luxembourg. Après mon café préparé sur un camping-gaz, je rangeai quelques affaires - ou plutôt, je les entassai par terre, n'ayant pas de meubles -, et sortis faire un tour au jardin. C'était mon quartier, j'étais en place pour redémarrer. Ou plutôt, mon histoire pouvait enfin commencer.

V.

Dans une grande ville, on ne connaît généralement pas ses voisins. Sauf dans un petit immeuble situé dans un quartier ancien, où les appartements se transmettent entre membres d'une même famille, où les gens déménagent peu, et lorsqu'on a, comme moi, une gardienne bavarde qui m'avait eue à la bonne, surtout après que j'aie aidé son gamin dans ses devoirs de vacances.

Mon voisin de palier écrivait des romans policiers sous un pseudonyme américain, ceux du dessous enseignaient à Henri IV, il y avait encore un étudiant en droit, les patrons d'un bistrot du quartier, un commissaire de police et sa copine infirmière, et au quatrième une vieille femme dont j'appris qu'elle était un peu folle. La pipelette me dit de ne pas m'en faire quand je lui appris qu'elle m'avait traitée de "pouffiasse" en me croisant dans l'escalier, après avoir insulté les livreurs qui m'avaient apporté un meuble, c'était la même chose pour tout le monde, surtout les gens jeunes, et elle se méfiait des nouvelles têtes. Elle venait de Hollande, était d'une nationalité indéfinie, et avait, paraît-il, perdu toute sa famille pendant la guerre. Elle semblait fort riche, mais savait-on jamais? Son appartement était "un vrai magasin de vieilleries", et y faire le ménage relevait du parcours du combattant, comme dans le mien, du temps de mon prédécesseur, qui était "dans les objets d'art" et voyageait beaucoup.

Je commençai mes cours, dans une banlieue proche. Le fait de préparer une thèse avait favorablement impressionné la directrice, qui, ayant pris connaissance des établissements où j'avais enseigné dans le passé, m'avait dit: "Si vous avez eu ce type de gamins à problèmes, les nôtres vont vous sembler de petits agneaux !" Si tous les gamins au collège font les mêmes bêtises, plusieurs des élèves, particulièrement intéressés et dont certains avaient des parents cultivés ou qui suivaient de près les études de leurs enfants, me posaient des questions assez pointues. J'avais plus de préoccupations dans le domaine des préparations de cours que dans celui de la discipline. Il me fallait seulement modérer ceux qui, intéressés par un point particulier, oubliaient que le cours était fait pour toute la classe, qu'il y avait un programme à respecter, et en général j'emmenais après la sortie ces éléments passionnés continuer la discussion dans le préau. Nous projetâmes une visite du musée de Cluny, du Collège de France, et organisâmes avec une collègue une sortie aux Granges de Port-Royal. J'aimais mieux cela. Dire que dans mon établissement de province, lorsqu'il m'arrivait de prolonger une explication au-delà de l'heure, on m'accusait de favoritisme, et que les jeunes - pas forcément de bonnes familles bourgeoises - qui montraient un peu plus de culture que les autres étaient priés de ne pas "ramener leur science" pour ne pas brimer leurs camarades ! Heureusement que je n'étais pas tombée sur un chef d'établissement qui s'appliquait à former des petits moutons de niveau "moyen et ordinaire"...

Les adresses d'éditeurs que m'avait communiquées François me permirent de retrouver le petit-neveu de l'auteur de mon précieux ouvrage, un Père Jésuite qui enseignait la théologie et qui m'apprit que son parent avait été un religieux, professeur de latin, décédé durant la guerre de 14-18. Je pus consulter ses autres travaux, et le théologien me trouva un directeur de recherche, un brillant latiniste aussi exalté que désintéressé, que ses étudiants dérangeaient en lui téléphonant à toute heure du jour et de la nuit.

VI.

Il est de ces petits événements qui vous bouleversent. Je me sentais en sécurité dans cet appartement, dans un immeuble pourvu d'un code et d'une concierge attentive, et il me semblait que rien ne pouvait arriver. Mais voilà. Rentrant tard dans la soirée, je vis qu'on avait essayé de forcer ma porte. Fort heureusement, j'avais fait installer une serrure de sécurité qui s'était révélée efficace et l'on n'avait pu qu'abîmer les montants.

Complètement traumatisée, je n'avais pas fermé l'œil de la nuit, et, au matin, la concierge avait sursauté: "Encore ! C'est arrivé il y a à peu près trois mois chez l'écrivain et dans le dépôt du magasin ! Pourtant il y a le code. Il va falloir le faire changer. Je vous en prie, ne donnez pas le numéro à n'importe qui, et ne le criez pas par la fenêtre au copain qui l'a oublié, comme je l'ai entendu faire au jeune du quatrième! Tiens, ça tombe bien, voilà notre policier. Monsieur le Commissaire, du travail pour vous, encore une tentative de cambriolage."

Le voisin s'enquit de la chose et me rassura : mon appartement, étant resté longtemps inoccupé, avait pu être repéré, c'était chose courante. D'ailleurs, il y avait dans l'immeuble deux autres appartements presque toujours vides : un qui servait de dépôt à une société d'édition - on l'avait mis sens dessus dessous, et emporté quelques objets de peu de valeur - et un autre qui n'était qu'un pied-à-terre pour un homme d'affaires américain. Le malandrin s'étant aperçu que la serrure avait été changée, je pouvais dormir tranquille. Il m'indiqua la marche à suivre pour porter plainte et avertir l'assurance, et approuva la concierge de vouloir faire changer le code. Cette dernière, soulagée que sa vigilance ne puisse être mise en doute, ajouta: "D'ailleurs, qui sait si ce n'est pas la vieille folle qui a fait le coup ! Mademoiselle doit avoir pour elle une tête à faire de l'espionnage ou du trafic de drogue, et le monsieur qui écrit des romans policiers, elle doit croire qu'il reçoit des truands !" Le commissaire l'adjura en riant de garder ses opinions pour elle, et sortit. Je l'imitai et vaquai aux démarches nécessaires avant d'aller donner mes cours. Pour me rassurer, j'invitai une collègue à dîner.

VII.

Quelques jours passèrent avant que les événements ne se précipitent. Un soir, j'entendis hurler la voisine avec son accent indéfinissable: "Assassins, saletés de boches!" et entendis des rires dans l'escalier. Bêtement curieuse, on est badaud ou on ne l'est pas, j'entrouvris ma porte et vis l'étudiant en droit et un de ses copains qui descendaient en rigolant. Il me rapporta qu'elle avait arraché de sa porte la carte avec son nom, et venait de l'insulter lorsqu'il était sorti.

— Vous comprenez, je suis alsacien, blond, avec un nom à consonance germanique, Kellermann, elle doit me prendre pour un officier SS. Je comprends très bien que cette pauvre femme doit traîner un passé chargé. Mais, c'est égal, on ne sait jamais, elle pourrait un jour blesser quelqu'un en lui lançant quelque chose à la tête: un jour, elle a balancé un pot de fleurs sur des gens qui passaient dans la rue en chantant, heureusement sans toucher personne. Il faudrait porter plainte, la faire enfermer." Son condisciple lui rétorqua qu'il avait eu tort de lui répondre en prenant l'accent allemand, ce n'était pas la peine d'en rajouter.

— Bah!, reprit le jeune homme, il faut bien s'amuser un peu. Et les traumatismes du passé n'expliquent pas tout, si ça se trouve, c'est elle qui en rajoute, elle est pleine de fric et doit craindre pour ses vieux bibelots. En plus, elle avait des rapports de bon voisinage avec mon grand-père, alors j'ai essayé d'être gentil avec elle lorsqu'il m'a laissé l'appartement, pas moyen, elle ne supporte pas les jeunes.

Je me rangeai du côté de son copain en l'adjurant d'éviter les méchantes blagues de potache, et nous décidâmes d'en parler au commissaire et d'écrire au gérant.

Ce dernier nous reçut, l'étudiant, le professeur dont les enfants étaient rentrés en pleurant après que la vieille leur ait crié dessus et ait menacé de tuer leur chien, en plus de les avoir insultés lui et son épouse, et moi, qu'elle ne cessait d'apostropher en des termes peu amènes, ainsi que les gens qui venaient chez moi, ayant l'habitude de venir se pencher sur la rampe de l'escalier si elle entendait quelqu'un sonner à l'étage au-dessous. Ahmed, le fils du restaurateur marocain voisin de mon oncle, qui était venu faire quelques travaux chez moi, avait eu droit à un chapelet d'injures racistes lorsqu'il lui avait simplement adressé un bonjour poli.

Le gérant se déclara fort gêné, la voisine possédant plusieurs appartements dont il avait la charge, et nous fit un discours sur les difficultés actuelles de l'immobilier. Bien sûr, nous pouvions toujours porter plainte au commissariat... mais elle avait peut-être de la famille, il fallait se renseigner, essayer de parler à ses proches, et puis, n'était-ce pas beaucoup de bruit pour peu de choses? Des personnes un peu excentriques, cela courait les rues. Et après tout, est-ce qu'il n'y avait pas quelques raisons à son attitude? Une personne âgée, nous avions peut-être fait trop de bruit, les enfants l'avaient peut-être bousculée sans s'excuser, ou le chien avait manqué de la faire tomber. Le professeur, outré, rétorqua que ses enfants étaient parfaitement bien élevés, et que son chien était un minuscule yorkshire qui avait peur de tout et ne risquait pas de se précipiter dans les jambes des gens. Quant au bruit, nous assurâmes que l'épaisseur des murs de la maison faisait que l'on n'entendait pas grand-chose, à part la plomberie, mais qu'il n'était pas dans nos habitudes de prendre des douches à trois heures du matin. Nous partîmes de mauvaise humeur. Pour la forme, une plainte fut déposée au commissariat.

VIII.

La concierge était furieuse. Il y avait sur la porte un écriteau précisant que la maison était interdite aux représentants et démarcheurs en tous genres, et elle ne faisait d'exception que pour les personnes qui quêtaient pour des bonnes œuvres, il faut être humain. Pourtant, deux "messieurs" - elle ne leur donnait ce qualificatif que du bout des lèvres - s'étaient introduit cet après-midi - un samedi, jour où les gens sont en général chez eux - dans l'immeuble, sur les talons d'un locataire qui entrait, et avaient fait le tour des appartements en se prétendant antiquaires, prêts à acheter toutes sortes de meubles ou d'objets d'art. L'étudiant, en riant, leur avait dit qu'il était le seul objet d'art de son appartement, mais ne pensait pas encore mériter le qualificatif d'antiquité, et qu'ils devraient plutôt s'adresser à la vieille d'en face, chez qui, fait qui le surprit, ils ne sonnèrent pas. Pour moi, dérangée en pleine correction de copies, j'avais laissé l'entrebâilleur et leur avait rappelé le règlement de l'immeuble, avant de leur fermer la porte au nez. Le professeur et l'écrivain, ayant eu l'imprudence d'ouvrir leur porte, avaient eu toutes les peines du monde à faire ressortir ces sangsues qui les avaient pressés de questions et dont les regards fouineurs inventoriaient tout ce qui se trouvait autour d'eux.

IX.

Durant les vacances de Toussaint, je me rendis au couvent où l'auteur de l'ouvrage sur lequel je travaillais avait vécu, et pus compléter les renseignements que m'avait donnés le Père Jésuite. Mon directeur de recherche m'ayant été d'un grand secours pour dater et retrouver l'origine du document, je visitai avec bonheur des archives départementales et pus reconstituer approximativement l'histoire du manuscrit. J'écrivis à la vieille libraire pour la remercier, elle ne m'avait trouvé rien moins qu'un sujet de thèse.

Je rentrai à Paris gonflée à bloc, persuadée d'avoir dans les mains une thèse de nature à révolutionner l'histoire de la littérature, avec dans mes bagages un petit chaton tigré, don du frère tourier du couvent et que j'avais baptisé Socrate à cause de son air sérieux et philosophe.

Mon enthousiasme tomba d'un coup lorsque, dans l'entrée de l'immeuble, je rencontrai pour la première fois l'américain qui se plaignait à la concierge de ce que l'on avait tenté de forcer sa porte. Pourtant, le code datait d'un mois à peine, et la concierge dut réprimander ses enfants qui menaçaient déjà de "faire sa fête" à la voisine du quatrième. Je repensai à la visite des soi-disant brocanteurs, et la pipelette téléphona au bureau du commissaire. À l'entendre, il fallait mettre la maison en état de siège et un agent derrière chaque porte. Notre voisin dut la rassurer quelque peu, car elle raccrocha, calmée, et s'extasia devant Socrate à qui elle présenta son vieux Minou.

Je montai chez moi et respirai en voyant que rien n'était arrivé à ma porte ni à mon appartement. C'est au moment où je mettais la clef dans la serrure que la vieille du dessus sortit, et, voyant le panier du chat, esquissa un coup de pied dans sa direction, avec une de ses habituelles injures à mon égard et en grognant que l'on devrait exterminer "toutes ces sales bêtes". J'explosai alors en lui signalant que tout l'immeuble avait porté plainte à son sujet, et qu'elle ferait bien d'arrêter d'injurier les gens. Sur un ton plus calme qui me surprit, elle me répondit: "Alors, vous l'avez eu, et maintenant vous m'espionnez ! Mais on sait se défendre, vous n'aurez pas les tableaux, attendez un peu..."

Avant que je ne puisse lui demander de qui et de quels tableaux elle parlait, elle descendit. Je déballai mes affaires, et, laissant Socrate inspecter son nouvel appartement, téléphonai à Anne pour lui demander de venir dîner avec François et les enfants, afin de lui raconter mes dernières recherches. Le commissaire passa peu après et je lui rapportai les propos de la voisine.

— Oh ! Elle voulait sans doute parler de l'ancien occupant de l'appartement, un vieux monsieur qui a été trouvé mort chez lui. Une banale crise cardiaque, sans rien de suspect, je connais le légiste qui avait été chargé de l'enquête.

— Il y a donc eu enquête ?

— Comme toujours, dans le cas d'une personne qui décède en dehors d'un entourage hospitalier. Un médecin légiste doit déterminer la cause de la mort, et rédiger un permis d'inhumer, c'est tout. Évidemment, une vieille personne un peu zinzin et parano comme notre voisine rapporte cela à elle, et doit se figurer que vous avez assassiné ce pauvre homme pour lui prendre ses économies et son appartement, et que vous voulez en faire autant avec elle.

— Ah, bon ! Je préfère cela. Les tableaux, je devine, elle a peur pour ses biens. Mais c'est complètement idiot de sa part d'informer toute la maison de ce qu'elle a chez elle des tableaux de valeur, si elle craint qu'on la vole, alors qu'il n'y a que la concierge à entrer chez elle et que je ne crois pas que notre brave gardienne sache distinguer un tableau de maître d'une croûte.

— Ce qui m'intrigue, c'est qu'on n'ait pas tenté de forcer sa porte à elle. S'il y a quelque chose à voler dans cette maison, c'est bien chez elle, à la rigueur chez l'Américain qui a l'air assez bien à l'aise financièrement. Mais chez vous qui veniez d'emménager avec trois bricoles et qui n'avez pas acheté vos meubles chez de grands antiquaires, j'ai vu les camions des livreurs, dans un dépôt d'éditeur plein seulement de cartons et de vieux livres invendus, ou chez votre voisin où il n'y a que des bouquins et des dossiers éparpillés entre les canettes de bière, drôle d'idée ! Celui qui cherche seulement à faucher une chaîne hi-fi ou une télé ne va pas essayer de revenir dans le même immeuble si une serrure lui a résisté. En plus, il semble que cela se soit toujours passé non la nuit ou dans la journée, quand les gens ne sont pas là, mais à l'heure du dîner. N'importe qui pouvait le ou les surprendre.

— Ou "la" surprendre, si c'est la voisine qui...

— Je ne crois pas. Vous imaginez cette vieille dame se servant d'une pince-monseigneur ? Remarquez, à l'heure du dîner, on peut faire du bruit: tout le monde regarde les infos et le film à la télé, que ce soit la concierge qui quoi qu'elle en dise ne passe tout de même pas ses journées à faire le guet, ou votre voisin qui quand il ne tape pas sur son ordinateur regarde des cassettes de vieux films américains où ça tire de partout, d'ailleurs il doit être ou dur d'oreille ou très distrait, je l'ai vu manquer de se faire écraser en traversant la rue de Vaugirard. Les bistrotiers du premier rentrent assez tard pour se planter dans leurs charentaises devant la télé, quant à ma copine et moi, quand nous n'allons pas au tir ou à la piscine, nous sacrifions à notre passion pour les westerns. Vous et l'homme d'affaires, vous étiez absents.

— Mais le code a été changé, il a donc dû entrer derrière quelqu'un qui a pu le voir.

— Quelqu'un qui peut être un visiteur et ne pas s'en soucier, vos voisins du dessous reçoivent beaucoup de monde et moi aussi. Ce peut être aussi un familier d'un locataire, à qui on donne le code. Et puis, vous avez bien une clef de l'entrée, non ? D'accord, la concierge range les clefs des appartements et de la porte en lieu sûr et les vérifie toujours, mais les autres locataires ont pu perdre, se faire voler, ou seulement "emprunter" leurs clefs un jour ou l'autre. À commencer par ma copine qui est infirmière et laisse ses affaires dans une armoire à l'hôpital, où tout le monde peut la prendre le temps d'aller en faire un double : une porte de vestiaire, cela s'ouvre avec un canif ou un fil de fer. Idem pour moi, quand je vais faire du sport, ou pour l'étudiant, qui doit la passer aux copains.

— Si vous le permettez, d'après ce que vous me dites, j'ai l'impression que l'on cherchait quelque chose de précis qui aurait été caché dans l'appartement. Qui habite l'immeuble depuis longtemps ?

— Les bistrots, la vieille bien sûr, et l'étudiant et le couple d'enseignants tiennent leurs appartements de membres de leurs familles. Mais n'allez pas vous aussi inventer des romans policiers, il peut ne s'agir que d'un mauvais plaisant, qui chercherait à faire peur à la vieille, par exemple, ou d'un simple vandale."

Je pensai aussitôt à Jean-Michel qui aurait pu par un biais quelconque se procurer mon adresse et pâlis. Mais je réalisai que mon téléphone était sur liste rouge, que la secrétaire du collège ne donnait pas les coordonnées des professeurs, et que les tentatives d'effraction chez l'écrivain et dans le dépôt du magasin avaient eu lieu bien avant que je n'emménage. D'ailleurs, je n'imaginais pas mon "ex" se déguisant en cambrioleur: son genre était plutôt les blagues au téléphone ou les lettres revendicatrices, ou alors il aurait pu contacter la direction de mon établissement en racontant une histoire propre à me faire du tort.

— Mais, ajouta le commissaire, nous ne pouvons mobiliser des forces de police alors que rien n'a été volé, que l'affaire du dépôt du magasin a été classée, et que ces histoires de portes abîmées ne peuvent ennuyer que les compagnies d'assurances. Si cela ne s'était pas passé chez moi, vous ne m'auriez même pas vu. Faites attention à vos clefs, fermez les deux serrures même pour aller acheter votre pain, et dormez tranquille. Ah, vous avez de la visite ! dit-il en voyant arriver Anne et sa famille. Amusez-vous bien, et ne faites pas trop de bruit pour ne pas énerver la vieille, ajouta-t-il en riant.

Les filles d'Anne se précipitèrent aussitôt pour jouer avec le petit chat, et, tout en servant l'apéritif et en commandant une pizza, je racontai en détail à mes amis les dernières nouvelles de la maison, pêle-mêle avec les résultats de mes recherches.

— Ma pauvre ! dit Anne. Après tes ennuis passés, tu n'avais pas besoin de ça ! Mais, c'est curieux, j'avais déjà eu l'impression qu'il se passait quelque chose dans cette maison. Il y a une drôle d'atmosphère.

— Hé là, intervint François qui me savait impressionnable, ne va pas lui parler d'un fantôme qui va la tirer par les pieds, ce n'est pas la maison d'un pendu !

— Mais non, gros malin, aucun rapport avec elle, il doit y avoir une vieille histoire qui traîne. Peut-être la voisine du dessus, certainement, même. Est-ce qu'elle connaissait le locataire précédent de ton appartement ?

— Ça, va le lui demander. La concierge l'a peu connu, elle n'était en place que depuis quelques mois lorsqu'il est mort, et c'est elle le principal bureau de renseignements.

— Dis donc, quel dragon ! Je cherchais la minuterie, dans le noir elle ne m'a pas reconnue tout de suite et nous avons eu droit à un "vous cherchez quelqu'un ?" en règle. Elle a dû être affolée par cette histoire.

— Cette histoire qui, quoi qu'en dise le commissaire, doit avoir un quelconque rapport avec des faits passés. Un simple plaisantin ne se contenterait pas d'essayer de forcer les portes, il ferait des blagues au téléphone, des graffitis dans l'escalier, enverrait des lettres anonymes, que sais-je ? Si un quelconque fait de ce genre était venu aux oreilles de la concierge, tout le quartier le saurait. Non, quelqu'un cherche quelque chose dans la maison, sans savoir dans quel appartement la chose se trouve.

— Il ne doit rien y avoir chez toi. Quand nous t'avons apporté tes affaires, l'appartement était vide, et tu venais de faire le ménage à fond. Tu as bien tout regardé ?

— Elle n'a pas regardé sous le plancher ni dans les plinthes", intervint François. "Quelqu'un qui habitait la maison ou qui simplement a séjourné ici a pu planquer un bijou volé, ou un papier important, que sais-je ? S'il s'agissait d'un ancien locataire, son nom ne figure plus sur le tableau d'en bas.

— Voilà. Un jour, tu vas trouver par hasard sous le papier peint la liste des membres de la mafia, ou dans la plinthe un jumeau du diamant Koh-i-Noor. François, es-tu toujours en contact avec ton client, l'ancien propriétaire ?

— Toujours, répondit son mari, mais je crains de n'apprendre pas grand-chose. Il avait hérité cet appartement, où il n'avait jamais mis les pieds, d'un cousin qu'il avait perdu de vue depuis des années. Je lui en parlerai quand même. Mais, pour en revenir à ce ou ces cambrioleurs, il n'y a si cela se trouve aucun rapport avec la voisine. L'atmosphère "chargée" n'est peut-être que le fait de ses salades ajoutées à l'inquiétude au sujet des portes.

— Je te rappelle qu'on n'a pas touché à la sienne. Mais, au fait ! Le coup des brocanteurs, ou prétendus tels !" Je racontai à mes amis l'histoire de leur visite. "L'étudiant m'a dit qu'ils n'avaient pas sonné chez elle. Ce peut être fortuit, mais...

— Serait-elle chef d'un gang de cambrioleurs ? Plutôt receleuse, cela collerait mieux. En ce cas, ses histoires ne seraient que de la comédie, pour donner le change. Tiens ? Qu'est-ce que ce bruit ? Ta voisine bricole, ou quoi ?

On entendait en effet des coups frappés au plancher à intervalles réguliers.

— Cela m'étonnerait que ce soit la vieille qui trouve que nous parlons trop fort. On n'entend rien dans cette maison. Elle doit clouer quelque chose. Bizarre, je ne l'imagine pas en train de bricoler, à son âge.

— À moins que ce ne soit un esprit frappeur... dit Anne, sans se soucier des gros yeux que lui faisait son mari, ta vieille doit converser avec son fantôme favori pour faire disparaître les gêneurs."

Nous continuâmes à échafauder des hypothèses et changeâmes vite de sujet lorsque l'une des petites nous demanda "qui était l'assassin". Six ans, c'était un peu jeune pour prendre la relève de Miss Marple.

X.

Le lendemain étant un dimanche, j'allai me promener au jardin du Luxembourg où je rencontrai mon voisin émule de Hadley Chase, ou plutôt où je faillis recevoir sur mes genoux cet éternel distrait qui, perdu dans ses pensées, n'avait pas vu le banc où j'étais assise. Monsieur Boulard était un homme d'une quarantaine d'années, maigre et long comme un jour sans pain, pourvu de lunettes épaisses qui menaçaient à chaque instant de tomber de son nez. Ce qui arriva lorsqu'il se retrouva à quatre pattes dans l'allée. Je les ramassai, lui laissai le temps de les remettre et me nommai, car il ne m'avait pas reconnue tout de suite, alors que nous nous rencontrions quasiment tous les jours dans l'escalier. Il s'assit sur mon banc en ne manquant pas de laisser tomber le bloc-notes et le crayon dont il ne se séparait jamais, et se mit à me raconter son dernier roman, en commençant par me nommer le coupable, et expliqua sa distraction par le fait qu'il cherchait en vain de quel type de poison les membres d'une certaine tribu amazonienne de coupeurs de tête enduisaient leurs flèches. Je pus lui donner un espoir de résoudre ses problèmes ethnologiques en lui indiquant un de mes collègues, géographe auteur d'un ouvrage touchant à un sujet voisin. Il se répandit en remerciements, et notre conversation roula ensuite sur les récents événements de la maison.

J'appris que, chez lui, on était parvenu à ouvrir la porte, mais qu'il avait seulement trouvé son aquarium renversé, les poissons morts, ce qui l'avait beaucoup ennuyé, car ils étaient pour lui le meilleur remède antistress, et sa première démarche avait été de courir quai du Louvre pour en acheter d'autres. Il avait pensé que le ou les cambrioleurs avaient dû fuir, craignant que le bruit n'alerte quelqu'un. Par la suite, il s'était aperçu que l'on avait déplacé quelques piles de livres se trouvant contre le mur.

— Cela s'était passé vers quelle heure ?

— J'étais allé dîner au restaurant avec des amis, je suis rentré vers minuit.

— Comme chez moi. Par contre, chez l'Américain, on ne le sait pas, il n'est pas souvent à Paris. Cela a pu se produire dans l'après-midi, la veille ou l'avant-veille, personne ne va examiner la porte de son voisin, et la concierge ne fait pas le ménage dans l'escalier tous les jours. Pour ce qui est du dépôt du magasin, c'était la nuit, je crois. En tout cas, la concierge s'en est aperçue au matin.

— Mais, dites-moi, avez-vous eu droit à ces espèces de brocanteurs, il y a deux semaines ? J'étais en plein travail avec un ami journaliste, et j'ai cru que je devrais les menacer d'appeler la police pour qu'ils se décident à s'en aller.

— J'ai un entrebâilleur à ma porte, je ne les ai pas laissés entrer.

— Dites donc, vous êtes barricadée ! Serrure de sécurité, entrebâilleur... Remarquez, pour une femme seule, il vaut mieux, et cela doit plaire à votre assureur. Chez la vieille du quatrième qui me traite de trafiquant ou de gangster, je suis tranquille, elle n'a pas dû leur ouvrir ou elle leur a fermé sa porte au nez.

— Et bien, figurez-vous qu'ils n'ont pas sonné chez elle, c'est l'étudiant qui me l'a dit, il guettait pour entendre la scène.

— Ces jeunes ! Il n'arrête pas de la faire enrager. Mais vous dites qu'ils n'ont pas sonné chez elle ? Alors, ils sont bien mal renseignés, d'après la concierge, son appartement ferait la fortune d'un brocanteur. Mais elle est d'un pénible ! Elle ne vous ennuie pas ?

— Moi ? Elle me traite de tous les noms à chaque fois qu'elle me voit, elle a apostrophé une collègue qui venait me voir d'un "qui vous êtes, vous ?", et a traité de "sale bougnoul" un copain marocain de mon oncle qui venait me changer la serrure. Elle a même menacé d'appeler la police quand les livreurs d'Ikea sont venus me porter des meubles.

— Personne n'est épargné, alors. J'ai dû dire à la concierge de ne pas glisser le courrier sous ma porte quand je suis absent: si quelque chose dépasse, elle le regarde et m'a même chipé un contrat que m'avait envoyé un éditeur, pour une collection qui s'appelle "Crime à la carte", le nom a dû lui faire peur. J'ai signalé le fait quand la plainte a été déposée. J'étais gêné, c'est ma propriétaire.

— Aïe ! C'est vrai, le gérant nous avait dit qu'elle possédait plusieurs appartements.

— Oh, c'est à lui que je règle mon loyer, je n'ai jamais affaire à elle pour ces choses. Il ne manquerait plus que cela ! Quand je pense qu'elle refuse d'avoir comme locataires des gens ayant des enfants, et qu'elle interdit formellement d'avoir des animaux ! J'espère qu'elle ne va pas me faire expulser pour détention illégale de poissons rouges. En tout cas, elle ne peut pas souffrir les gens du second, et leurs enfants en ont une peur bleue.

— Je sais, elle a essayé de frapper mon chat et s'est plainte à la concierge de ce qu'une amie était venue me voir avec ses deux filles de six et huit ans, des gamines sages comme des images qui savent ne pas chahuter dans les escaliers. Elle ne dit rien sur la concierge qui a deux enfants, un chat et des oiseaux, elle risquerait de ne plus retrouver personne pour faire son ménage.

— Cela prouve qu'elle n'est pas complètement folle. Elle débloque par moments - on peut comprendre, c'est une femme qui a souffert - mais je crois qu'elle en rajoute. Je me demande si son rêve n'est pas d'habiter un immeuble où il n'y aurait que des pied-à-terre pour des gens comme l'américain que l'on ne voit jamais, et qui se contenteraient de lui payer leur loyer. Il y a de fortes chances pour qu'elle soit l'auteur des lettres anonymes que j'ai reçues.

— Vous avez reçu des lettres anonymes ?

— Bof ! Des imbécillités du genre "la nouvelle lune te sera fatale", ou "prépare-toi à rencontrer l'ange de la mort", vous voyez le genre, j'avais d'abord cru à une blague de confrères, mais ils auraient plutôt choisi le thème de la mafia ou une histoire de sorcier amazonien plutôt que des histoires de magie de campagne française, vu les sujets de mes derniers romans. Je l'ai signalé au commissaire, mais il a pensé comme moi qu'il n'y avait pas à s'en préoccuper, les policiers en reçoivent par kilos dès qu'il y a une rumeur d'attentat ou un quelconque fait divers. Ce qui me fait penser à ma propriétaire, c'est qu'elle ne peut pas me mettre à la porte, mon bail est en règle, elle n'a pas d'héritier direct à y mettre et peut chercher à me faire peur pour que je parte, histoire de loger une autre folle dans son genre avec qui elle se tirerait les cartes ou qui l'accompagnerait chez sa voyante.

Je n'osai pas lui dire qu'Anne et moi pratiquions assidûment le tarot de Marseille et l'astrologie, et que la voyante que consultait la vieille était une connaissance d'Anne, auteur d'un logiciel permettant de calculer un thème astral avec une grande précision. J'avais ainsi appris que ma voisine se renseignait sur toutes les façons possibles d'écarter d'elle le mauvais œil et de suggestionner quelqu'un "qui lui voulait du mal", et épuisait toutes les voyantes sur la place de Paris.

— Mais vous croyez qu'elle a des amis ou des parents qui viennent la voir ?

— J'ai déjà croisé des gens qui montaient au quatrième, ils ne pouvaient se rendre que chez elle, l'étudiant d'en face était en vacances, et il s'agissait de gens d'un certain âge, le jeune homme reçoit plutôt d'autres étudiants, à part ses parents que j'aurais reconnus".

Je fus étonnée de la faculté d'observation de cet homme qui par ailleurs ne regardait pas où il mettait les pieds. L'idée me vint que je devisais peut-être avec un gangster de haut vol ou au contraire un inspecteur de police en mission secrète, qui jouait les distraits pour donner le change, mais je sus garder mes pensées pour moi.

— Enfin ! dis-je, heureusement qu'il n'y a qu'elle de désagréable dans l'immeuble. Vous y habitez depuis longtemps ?

— Trois ans. Je fréquentais le café des gens du premier, ce sont eux qui m'ont signalé que l'appartement était libre. J'habitais en banlieue, et, dans mon métier - en plus de mes romans, je fais des traductions d'anglais - il faut habiter pas trop loin des éditeurs."

Nous devisâmes de nos travaux respectifs, puis l'écrivain me quitta et se dirigea vers le café de nos voisins où il avait rendez-vous avec un ami. Je rentrai dans l'immeuble, et, arrivant sur le palier du premier, croisai une jeune fille qui sursauta en me voyant. Je lui demandai si elle cherchait quelqu'un et elle me répondit d'une voix timide qu'elle attendait son oncle et sa tante, les patrons du bistrot. Je lui précisai qu'ils étaient encore dans leur établissement, et elle descendit. Je rentrai chez moi, et, attrapant Socrate qui manifestait l'envie de visiter les escaliers, entendis à l'étage supérieur le bruit d'une porte qui se fermait. "La vieille est encore aux aguets", pensai-je. Ouvrant ma fenêtre, j'entendis parler et fus surprise de reconnaître la voix de ma voisine conversant avec plusieurs personnes - il y avait au moins un homme et une femme. Mon voisin avait raison, il lui arrivait de recevoir. Il me sembla qu'ils parlaient une langue étrangère, mais je ne pus l'identifier.

Reprenant mes travaux, je m'enfermai au treizième siècle, et ne pensai plus à ce qui se passait au-dessus.

XI.

Le gérant était très ennuyé. Il m'avait envoyé une lettre me signalant qu'on s'était plaint de mon chat, "qui faisait du bruit". Ayant supporté nombre de propriétaires grincheux qui se méfiaient "des jeunes", j'eus l'impression de recevoir une douche froide et me demandai s'il allait encore falloir que je déménage, lorsque je me souvins que j'étais propriétaire de mon appartement et que je n'avais donc pas de retard de loyer ni d'ennuis avec la concierge qui d'ailleurs adorait les chats. Je ne fus pas longue à deviner de qui cette plainte pouvait provenir, et empoignai aussitôt le téléphone pour dire au gérant ma façon de penser. Il convint qu'il s'agissait de ma voisine du dessus, et qu'elle s'était également plainte des autres locataires, qui, furieux, venaient eux aussi de lui téléphoner, et que c'était lui qui se faisait attraper, alors qu'il n'avait fait que transmettre, il n'y était pour rien, il convenait qu'elle était un peu dérangée, mais ne voulait pas perdre sa cliente. Tout de go, je lui demandai ce qu'il savait sur elle, ainsi que sur l'ancien occupant de mon appartement. Il se répandit en éloges sur mon prédécesseur, antiquaire, "un vieux monsieur charmant qui entretenait d'excellentes relations avec tout le monde, y compris la voisine". Je lui répondis que j'étais désolée de ne pas avoir atteint l'âge de la retraite, mais que mon travail et mes recherches ne me permettaient guère de passer les nuits à faire la java, et que je ne cherchais pas à plaire à une personne qui m'avait injuriée la première fois qu'elle m'avait vue, alors que je ne faisais qu'ouvrir ma porte aux livreurs, et qu'elle m'avait accusée d'en vouloir à ses tableaux, en plus de terroriser les enfants des voisins et de lire et même de voler le courrier de son locataire. Le pauvre gérant m'assura que la plainte de sa cliente n'était pas recevable, qu'il était en train de lui écrire à ce sujet, et qu'il espérait qu'elle comprendrait... Il n'y avait rien à en tirer.

    Le lendemain, la concierge m'apprit que les locataires du premier, ceux du café, avaient en rentrant la veille au soir surpris un individu qui examinait leur porte et qui prétendait chercher un Monsieur Peter Neele, nom inconnu de ces gens qui étaient dans la maison depuis longtemps, qu'ils l'avaient fait sortir sans aménité, et avaient prévenu le commissaire en décrivant l'individu. La brave femme ne savait où donner de la tête, surveillant son chat afin qu'il ne sorte pas dans la cour, alors que ce brave matou d'âge respectable préférait par-dessus tout dormir sur le radiateur. Elle avait l'œil sur son canari, exigeait de ses enfants qu'ils rentrent dès qu'ils sortaient de l'école au lieu d'aller jouer au jardin, et priait une de ses copines du quartier de la remplacer dans sa loge lorsqu'elle allait faire ses courses ou le ménage dans la maison, afin qu'il y ait toujours quelqu'un pour surveiller les entrées et sorties. Tout le monde dut prévenir ses éventuels visiteurs qu'il fallait montrer patte blanche en entrant dans l'immeuble, et cela amusa beaucoup mes collègues et amis, mais beaucoup moins les livreurs de pizza et autres plombiers à qui il fallait à chaque fois expliquer qu'il y avait eu des tentatives de cambriolage.

XII.

Le commissaire commença à prendre les choses au sérieux lorsqu'un soir, rentrant tard de l'hôpital, son amie se fit agresser dans l'escalier de l'immeuble par un voyou qui lui appuya un rasoir sur la gorge. Fort heureusement, elle avait crié et alerté le patron du bistrot qui était sorti en brandissant un fusil de chasse. L'homme, surpris, avait relâché sa pression et la jeune femme, qui pratiquait le karaté, s'était alors défaite de son agresseur qu'elle avait envoyé rouler au bas des marches. Le voyou s'était enfui sans demander son reste. Deux jours auparavant, on avait tenté de fracturer la porte des patrons de bistrot du premier.

Notre voisin avait alors ordonné une enquête et nous avait reçus tous ensemble dans son bureau où nous avions dû lui raconter notre vie. J'avais pour ma part reçu par la poste un petit paquet en forme de cercueil, envoi qui pouvait aussi bien être une farce de collégien ou le fait de Jean-Michel que rentrer dans la série d'événements qui venaient de se dérouler. Les enseignants du second, l'étudiant, l'américain et le propriétaire du commissaire avaient reçu du gérant une lettre leur signalant que quelqu'un se proposait d'acheter leurs appartements respectifs, alors qu'ils n'avaient jamais émis le désir de vendre. Le commissaire parvint à faire venir "la vieille" jusqu'à son bureau où, après avoir énervé tout le monde, elle consentit seulement à lui dire qu'elle avait chez elle des tableaux de valeur qu' "on" cherchait à lui dérober. Il ne put savoir qui pouvait désigner ce "on", sinon que l'histoire remontait aux années quarante, et qu'il s'agissait de tableaux de peintres hollandais, que mon prédécesseur avait proposé de lui acheter fort cher. Elle lui donna de mauvaise grâce l'adresse de sa compagnie d'assurances, et s'en alla en le menaçant de se plaindre en haut lieu et de lui jeter un mauvais sort.

    L'assureur apprit au commissaire que les "tableaux de peintres hollandais" étaient en réalité de ces vues du Sacré-Cœur ou de ces "couchers de soleil en Île-de-France" que l'on vend aux touristes sur la Butte Montmartre, et que les deux seules toiles de quelque valeur qu'elle possédât étaient signées Meissonnier[4], le rapport d'expertise était formel. Je fus la première informée de la chose, car j'avais rapporté ce qui était peut-être un indice, fourni par le client de François qui m'avait vendu l'appartement: le cousin dont il l'avait hérité était antiquaire, et un expert possédait un inventaire de ses biens. Parmi ceux-ci figurait un tableau de Vermeer ou tout au moins supposé tel, n'ayant pu être authentifié avec certitude, qui n'avait pas été retrouvé lors de l'inventaire après décès. L'héritier, pressé par des contraintes financières de vendre meubles, objets d'art et appartement, en avait fait son deuil. Le commissaire sursauta:

    — Alors là ! Je peux vous raconter ce que vient de me dire l'étudiant, ce n'est pas secret, la concierge est au courant. L'appartement qu'il occupe appartient à son grand-père qui s'est retiré à la campagne l'été dernier. Il possédait lui aussi un tableau attribué à Vermeer[5], qui a disparu pendant son déménagement. L'enquête n'a rien donné. La compagnie d'assurance a dû le sentir passer, il paraît que c'est une toile d'une grande valeur, je ne suis pas très connaisseur en peinture.

---

    [4] Ernest Meissonier (1815-1891), peintre français de style académique connu surtout pour des tableaux de scènes historiques, retraçant principalement l'épopée napoléonienne.

    [5] Johannes Vermeer de Delft ((1632-1675), peintre néerlandais, surtout connu pour ses scènes de genre représentant des personnages dans des intérieurs hollandais typiques.

— Vermeer ? Je pense bien ! C'est un peintre hollandais du dix-septième siècle qui n'a peint qu'une trentaine d'œuvres, les plus connues se trouvent au Rijksmuseum d'Amsterdam. Elles sont à peu près aussi difficiles à estimer que la Joconde, j'exagère peut-être, mais en tout cas, le particulier qui en possède un a ses vieux jours d'assurés.

— Si c'est un vrai, bien sûr. J'ai demandé au jeune de contacter son grand-père pour savoir d'où il le tenait.

— Attendez ! J'ai lu quelque part qu'il y avait eu une histoire là-dessus à la fin de la guerre, quand on a découvert les tableaux que le Maréchal Von Goering avait pris à des déportés. Il y avait eu un faussaire d'impliqué. Je peux me renseigner en bibliothèque ou dans les archives de presse.

— Ne vous fatiguez pas trop à ce sujet, sauf si cela vous amuse. Il y a des services spécialisés en ce domaine. La vieille parle de tableaux de peintres hollandais, mais, d'après son assureur, elle ne possède que des croûtes, sauf deux qui sont français. Son défunt mari en avait peut-être vendu autrefois, ou alors on les lui a volés, et elle s'imagine qu'elle les a toujours, vous savez comment elle est. De plus, elle n'a pas parlé de Vermeer. Ce qui m'intéresse, ce sont les effractions et l'agression de mon amie. Dans la rue, je ne dis pas, mais dans la maison, c'est un peu fort, on dirait que quelqu'un cherche à faire peur aux locataires.

— Du coup, j'ai acheté une bombe défensive.

— Ça peut servir, même si ce n'est pas extrêmement efficace. Avec Clara, qui a du sang-froid, et pratique le tir et le karaté, ils peuvent toujours essayer ! Et quant aux histoires d'ange de la mort ou de mauvais œil, c'est bon pour la voisine du quatrième, qui d'ailleurs ne fera que se barricader davantage chez elle et chercher un sorcier plus puissant en magie noire. À moins qu'elle ne soit dans le coup, ce genre de menaces lui ressemble bien. Mais, tout de même, soyez prudente. Faites-vous raccompagner le soir, surtout."

Quelques jours plus tard, nous apprenions par l'étudiant que son grand-père avait acheté son Vermeer à la vieille. Le jeune homme, plus que jamais, se mit à épier les allées et venues de sa voisine; l'écrivain, soudain attentif à ce qui se passait autour de lui, consignait les événements dans l'espoir sans doute d'en faire un best-seller, et, quant à moi, si je sortais le soir, je me faisais raccompagner jusqu'à ma porte et priais les amis d'attendre jusqu'à ce qu'ils voient la lumière de mon appartement allumée, alors que je détestais passer pour quelqu'un qui a peur du loup.

XIII.

L'affolement. Je rentrais chez moi avec Anne, et voilà que Socrate avait disparu. Nous fouillâmes partout, j'agitai la boite de croquettes, procédé d'habitude infaillible pour faire sortir un chat de sa cachette, pas de Socrate. Ma porte n'ayant pas été forcée, je me demandai si quelqu'un n'avait pas pu copier ma clef.

Nous inspectâmes les escaliers en appelant "Minou ! Minou !", dérangeâmes les voisins, et, ayant sonné chez la concierge, nous mîmes en devoir d'inspecter la cave et la courette où l'on rangeait les poubelles.

Je respirai. Socrate était là, ayant comme tout bon chat qui se respecte visité les sacs poubelles dont le contenu était répandu par terre. J'avais eu si peur que je le saisis et me mis à le câliner sans le gronder. D'ailleurs, personne n'a jamais pu faire entrer quoi que ce soit dans la tête d'un chat, sauf l'emplacement de ses toilettes personnelles et du réfrigérateur.

— Mais qui a pu le mettre là ? Et comment est-on entré chez toi pour le prendre ?" demanda Anne.

Levant les yeux, je m'aperçus que la lucarne de ma salle de bains donnait sur un muret, que touchait un arbre tout tordu par lequel un chat pouvait tout à fait descendre dans la cour. Pour une fois, il n'était pas question d'effraction ou de gangsters, seulement du goût prononcé d'un jeune chat pour les explorations et autres recherches archéologiques dans les poubelles. J'éclatai de rire, pensant que j'étais vraiment traumatisée à m'affoler de la sorte. Je n'avais qu'à penser dorénavant à fermer la lucarne.

Je m'excusai auprès de la concierge qui parut tout aussi soulagée que moi. Nous l'aidions à ramasser les débris, lorsque j'avisai un objet particulier. J'appelai Anne qui retint une exclamation. C'était une poupée de cire percée d'épingles.

— Qui fait de la magie noire ici ?" me demanda mon amie. La vieille parano, sûrement, non ?

— Pas d'affolement. Ce peut être l'écrivain qui écrit un roman sur ce sujet, ou l'étudiant qui a fait une blague à quelqu'un... ou à qui on en a fait une. On ne peut pas se permettre d'interroger toute la maison."

Je dis à la concierge qui s'inquiétait de notre découverte que ce n'était qu'un jouet cassé, et Anne le remit au fond de la poubelle. Socrate toujours dans les bras, je remontai avec elle, croisant le commissaire qui sortait en compagnie d'un copain. Je lui relatai brièvement mon aventure féline, qui les fit beaucoup rire, et lui demandai si les étuis d'armes qu'ils portaient tous deux avaient pour but de mettre la maison en état de siège. Il me répondit qu'il pratiquait le tir dans un club, dont Anne lui demanda l'adresse pour un collègue qui avait manifesté l'intention de pratiquer ce sport. Le copain, un petit maigrichon qui avait l'air incapable de supporter le poids du fusil qu'il portait, signala que c'était un sport excellent pour développer l'assurance et les réflexes. Je lui appris que le seul sport que j'avais pu quelque peu pratiquer était l'équitation, car on était assis. Nous nous quittâmes sur cette boutade.

Alors que nous rentrions chez moi, le téléphone sonna. À peine avais-je articulé "allô ?" qu'une voix d'homme me dit "Le jour est arrivé. Attention à la nouvelle lune." Et on raccrocha. Cette plaisanterie me rendit furieuse, car elle était un peu trop grosse. Anne fut aussi de cet avis: pour elle, comme pour l'écrivain, la vieille cherchait à faire peur aux locataires de la maison.

— Et sais-tu ce que j'ai appris par ma copine la voyante ?" me dit-elle. "La vieille fait du spiritisme. Tu te rappelles les coups au plancher de l'autre jour ? Elle devait avoir des gens chez elle, et on faisait tourner les tables. N'importe quoi !"

Anne, malgré nos goûts communs pour l'astrologie et l'ésotérisme, les étudiait d'une manière scientifique et ne prisait pas les pratiques de ceux qu'elle appelait les "bricolos", spirites et autres adeptes de pratiques magiques, qui souvent se retournaient contre ceux qui en usaient, au moins en pompant de l'énergie ou en les suggestionnant.

— Oh, tu sais, on se distrait comme on peut, et ça fait vivre les voyantes et autres astrologues, sans oublier les éditeurs, n'est-ce pas, ma chère ? C'était sûrement ce que tu dis, j'ai entendu de nouveau ces coups il y a quelques jours, mais cela ne se produit pas assez souvent ni assez tard pour que ce soit moi qui me plaigne de ce qu'elle "fait du bruit".

Le lendemain, je trouvai à mon collège une lettre de Jean-Michel qui s'était renseigné auprès d'un copain travaillant à l'inspection académique pour me retrouver. Il me disait en substance que j'avais tort de ne pas lui donner signe de vie, que, malgré quelques différends dus uniquement à mon mauvais caractère, nous avions passé de bons moments, et terminait en me reprochant d'avoir quitté l'enseignement public pour le privé, "pour favoriser encore plus la classe bourgeoise, alors que je devais mon instruction au public", il fallait que je regarde vers l'avenir et non vers le passé, et cætera. Ma réaction fut d'en rire, je pensai qu'il devait être en panne de compagnie féminine, et conservai la lettre pour la montrer à Anne. Je me dis alors que, s'il m'écrivait au collège, il ne devait pas connaître mon adresse, et recommandai à la directrice de ne pas la donner, lui racontant qu'il y avait eu dans mon immeuble des tentatives d'effraction. Elle me rassura en disant que le secrétariat avait pour consigne de ne jamais communiquer les coordonnées des enseignants, pour éviter les farces de gamins ou les jérémiades de parents grincheux. Mon numéro de téléphone ne figurant pas dans l'annuaire, je conclus que l'envoi du petit cercueil et le coup de téléphone se rapportaient aux événements de la maison, et me promis de le signaler au commissaire.

Celui-ci m'apprit que je n'avais pas été la seule dans la maison à recevoir ce genre de courrier ou d'appel téléphonique, et me recommanda à nouveau d'être prudente : le couple d'enseignants s'était résolu à conduire et à aller chercher leurs enfants à l'école, ceux-ci avaient été questionnés par un pseudo-brocanteur qui leur avait demandé si leurs parents comptaient déménager, et si à cet effet ils avaient l'intention de se débarrasser de quelques vieilleries qu'il était prêt à acheter. Les petits avaient reconnu l'un des visiteurs que leur père avait eu du mal à faire sortir.

Les vacances de Noël approchant, mes voisins du dessous, excédés de toutes ces histoires, avaient décidé de les passer dans leur famille hors de Paris, comme l'étudiant qui partait toujours aux sports d'hiver. Quant à moi, je coucherais chez Anne les soirs de réveillon.

— Chic, me dit le commissaire, nous recevrons des amis, nous pourrons faire du bruit sans trop déranger. L'écrivain, je ne sais pas, mais il me semble que les bruits extérieurs n'arrivent à le distraire que s'ils peuvent s'inclure dans un de ses romans. Ah, au fait, l'ami qui était avec moi hier doit coucher chez moi le soir de Noël et le lendemain, il habite loin et sa voiture est en panne, ne soyez donc pas surprise si vous le rencontrez dans l'escalier.

— Vous avez prévenu la concierge ?

— Un peu, oui ! Je ne tiens pas à ce qu'elle l'agresse en le voyant entrer, je ne sais pas si elle le reconnaîtrait, et il y a eu assez de tension comme cela.

— Bien. J'espère qu'il n'y aura pas de nouvelle tentative d'effraction chez les profs ou l'étudiant.

— Chez les profs ? En face de chez moi, alors que nous serons au moins vingt personnes ? Et pour ce qui est de l'étudiant, vous n'avez pas vu sa porte. Son grand-père était un homme prudent, c'est une vraie porte de coffre-fort. Et il a beau être un peu plaisantin, il la ferme à double tour et ne laisse pas traîner ses clefs, il n'est pas fou. Allez, si on ne se revoit pas, bon réveillon."

XIV.

Socrate et moi passâmes Noël chez Anne, et je rentrai dans l'après-midi du 25 décembre sans rien remarquer d'autre que la gueule de bois du commissaire qui descendait sa poubelle au moment où j'arrivais.

Dans l'escalier, je croisai la vieille qui m'apostropha: "Ça y est ! On l'a eu ! Ça va bientôt être à vous." "Et qui donc, s'il vous plaît ?" "Le gangster, le trafiquant ! Le charme a agi, et on continue, nous ne nous laisserons pas faire !" "Ça suffit, vous n'allez pas recommencer vos histoires." Et je rentrai, quelque peu perplexe.

Une heure plus tard, n'étant pas sûre que les propos de la vieille soient entièrement sortis de son imagination, je me donnai le prétexte de descendre acheter des allumettes et sonnai chez la concierge.

— Ah ! Le pauvre ! Il a fallu le transporter à l'hôpital. En plein réveillon !

— Qui cela ?

— Monsieur Boulard, l'écrivain ! Il partait sans doute réveillonner quelque part, vers huit heures, je crois, et, en traversant la rue de Vaugirard, une voiture l'a renversé, vous avez dû remarquer qu'il est très myope et, en plus, distrait. Le chauffard s'est bien sûr enfui. Quand j'ai entendu les sirènes, je suis sortie. Ce pauvre monsieur était allongé par terre, avec du sang partout. Le docteur a dit qu'il n'avait pas l'air d'avoir quelque chose de cassé, mais il était sérieusement sonné. Ils l'ont emmené à l'hôpital Cochin.

— Le pauvre ! C'est vrai qu'il est très distrait, il ne fait jamais attention en traversant. Peut-on faire quelque chose pour lui ?

— J'ai laissé mon téléphone aux gens du SAMU, ils m'ont dit qu'on m'appellerait pour lui faire apporter des affaires si l'hôpital le gardait un peu longtemps. J'ai sa clef, je m'en occuperai et j'enverrai mon fils les porter, à moins qu'il n'en charge lui-même un ami. Un soir de Noël, pas de chance, vraiment !"

J'en convins, et un doute m'effleura: cet accident était-il vraiment fortuit ? Je m'inquiétai et me barricadai chez moi.

Un peu plus tard, alors que je venais d'allumer la télévision, je vis soudain Socrate qui dormait paisiblement dans son fauteuil sauter sur ses pattes et se précipiter vers la porte. Pensant qu'on allait sonner, je me levai et entendis s'ouvrir la porte de l'écrivain.

Je me rassis, pensant à ce que m'avait dit la concierge. "Le pauvre, pensai-je, ils doivent être obligés de le garder à l'hôpital. Mais aussi, on n'a pas idée de traverser la rue en rédigeant mentalement ses romans."

Je préparais le dîner de Socrate, sous les yeux très attentifs de l'intéressé, lorsqu'il se dirigea de nouveau vers la porte, et j'entendis que l'on montait l'escalier. Les pas de plusieurs personnes montaient au quatrième. Entendant ensuite marcher chez la vieille au-dessus, je me désintéressai de la chose et continuai à m'occuper de mon greffier affamé qui était revenu vers moi et protestait contre les lenteurs du service.

Je n'entendis ensuite plus rien au-dessus, les murs épais et les fenêtres fermées - il faisait froid dehors - ne laissaient rien passer, à part quelques bruits d'eaux dans les tuyaux. Je regardai ensuite le western à la télévision, pensant au commissaire qui appréciait sûrement ce programme. Au milieu de la nuit, des bruits me réveillèrent et j'apostrophai Socrate qui s'était mis à courir dans l'appartement. Ce n'était pas l'heure de faire son jogging, pour un chat d'appartement bien élevé.

XV.

Le lendemain, 26 décembre, je décidai d'aller travailler à la Bibliothèque Nationale qui ne fermait que les dimanches et jours fériés. Sortant de chez moi, je croisai un jeune homme et une jeune fille qui descendaient l'escalier. Je me rappelai que l'étudiant passait souvent sa clef aux copains, et remarquai que les yeux battus des jeunes gens attestaient qu'ils n'avaient pas l'air d'avoir passé la nuit à réviser leurs cours. Ils m'attendrirent en me rappelant ma jeunesse, quand moi aussi je prêtais ma chambre aux amis. "Pratique, les copains qui ne logent pas chez leurs parents", pensai-je, et je me dirigeai vers le métro.

À la bibliothèque, je rencontrai un chercheur qui fréquentait mon séminaire de littérature du Moyen-âge. En fin d'après-midi, nous décidâmes de téléphoner à notre directeur de recherche qui nous invita chez lui très gentiment, et lui et son épouse nous gardèrent à dîner. Nos discussions littéraires et paléographiques se prolongèrent et je rentrai fort tard, pas très rassurée, car j'étais seule, mais ne rencontrai que quelques clochards qui m'abordaient du "T'as pas dix balles ?" habituel.

Le lendemain matin, impossible de faire la grasse matinée. Vers huit heures, j'entendis hurler la concierge qui descendait les escaliers quatre à quatre, en criant à l'assassin, au meurtre, appelant la police, les pompiers, l'armée et la défense nationale. Elle dut sans doute sonner chez le commissaire, car j'entendis sa voix dans l'escalier alors qu'il montait au quatrième. Je ne pouvais que me lever.

Le commissaire sonna chez moi alors qu'une armée de policiers entrait chez la vieille. La concierge avait trouvé celle-ci morte, à première vue d'un coup de revolver, lorsqu'elle était entrée pour faire son ménage. Je donnai à mon voisin mon emploi du temps de la veille, en lui précisant que je n'avais rien entendu durant la nuit, mais que j'avais le sommeil dur et qu'il savait bien que les murs de la maison ne laissaient pas filtrer grand-chose. J'ajoutai que la morte avait reçu de la visite l'avant-veille, vers huit heures - je le savais, car c'était l'heure du journal télévisé - mais que je n'avais rien entendu ensuite, absorbée que j'étais dans le western. Mon interlocuteur apprécia en connaisseur.

XVI.

Le médecin légiste, ayant examiné le corps, déclara la victime morte d'un coup de revolver en pleine tête durant la nuit du 25 au 26. Un inspecteur vint interroger les locataires présents. La concierge déclara avoir passé la soirée devant la télévision, en compagnie de ses enfants et d'une voisine, et avoir vu à travers le rideau de la porte vitrée de sa loge entrer l'ami du commissaire vers 18 heures, il s'était même cogné sur la rampe de l'escalier parce qu'il ne trouvait pas la minuterie. Les patrons du bistrot, sortis en fin d'après-midi, avaient croisé un jeune couple qui entrait. Le commissaire confirma les dires de la concierge quant à la venue de son copain. Quant à moi, il me semblait avoir entendu ouvrir la porte de l'écrivain, je me gardais de ne rien affirmer, et plus tard il y avait eu des bruits de pas dans l'escalier, des personnes étaient entrées chez la morte. Le lendemain matin, j'avais croisé un jeune couple. À la description que je fis d'eux, le commissaire et son inspecteur conclurent qu'il s'agissait de ceux qu'avaient vus les voisins du premier, ils pouvaient effectivement être des relations de l'étudiant, qu'ils se promirent d'interroger dès qu'ils pourraient le contacter. La concierge pesta contre "ce petit imbécile" qui ne l'avait pas prévenue qu'il laissait sa clef à des copains, alors qu'on savait bien qu'avec tout ce qui s'était passé, un drame était imminent dans cette maison. Les jeunes se retrouvaient être les premiers suspects.

XVII.

Les jours suivants furent très énervants pour tout le monde. On nous interrogea de nouveau, je fus harcelée par l'inspecteur qui voulait que je précise davantage ce que j'avais entendu, alors que je n'étais sûre de rien, sauf de la description du jeune couple, et des pas dans l'escalier et chez la victime, mais je ne pouvais être très précise quant à l'heure. On me posa des questions sur moi-même, et je n'avais nulle envie de raconter ma vie privée. J'étais, paraît-il, le principal témoin, habitant juste au-dessous, et après tout rien ne prouvait que je n'avais pas acheté cet appartement dans le but de récupérer les tableaux de la vieille, n'avais-je pas prouvé au commissaire que je m'y connaissais quelque peu en peinture ? Je répondis qu'il y avait une grande marge entre aimer visiter les musées et être un expert, et, d'ailleurs, avait-on volé quelque chose chez la victime ? Bien sûr que oui, avait précisé l'inspecteur, l'appartement avait été fouillé avec soin, tous les tableaux démontés, sans doute quelque toile de valeur avait-elle été cachée sous une croûte quelconque. Et rien ne prouvait que je ne connaissais pas la vieille, ses insultes dans l'escalier n'étaient peut-être faites que pour donner le change. J'étais d'autant plus furieuse que des journalistes traînaient aux abords de la maison et nous abordaient dès que nous mettions le nez dehors, même Anne qui passait me voir avait été importunée par eux, après avoir été interrogée ainsi que son mari par un inspecteur, à leur sujet et au mien. Une fois même, je vis un homme qui sortait de chez l'écrivain. Il m'apprit qu'il était un de ses amis, et me posa lui aussi des questions sur le crime, avant de m'apprendre qu'il était journaliste. Par amitié pour mon voisin, je ne l'envoyai pas promener, mais lui répondis que je ne savais rien de plus que ce que j'avais dit à la police, et lui demandai de ne pas m'importuner davantage. Le Nouvel An s'annonçait mal.

XVIII.

La rentrée n'interrompit pas les tracasseries, ce fut au tour des enseignants et de l'étudiant, qui rentraient de vacances, de subir interrogatoires et poursuites journalistiques. Le couple d'enseignants n'apprécia guère qu'un inspecteur vînt les interroger chez eux, sans se soucier de la présence des enfants. Ce à quoi il leur fut répondu par une convocation au commissariat, ce qui les énerva encore plus. La jeune femme, qui tenait l'appartement de son père, professeur retraité, et connaissait tous les locataires, anciens et nouveaux, avait été questionnée à leur sujet, ce qu'elle trouva normal, mais elle refusa de donner sur eux des détails qu'elle jugeait indiscrets et l'opinion qu'elle pouvait en avoir. En quoi pouvait-elle connaître les fréquentations de mon prédécesseur, ou la vie privée de la personne qui avait autrefois habité l'appartement de l'écrivain ? Si elle connaissait la victime ? Comme tout le monde, il n'y avait qu'à se référer à la plainte qui avait été déposée.

— Rendez-vous compte," me dit-elle un jour, "ils ont même contacté mes parents. Mon père est très âgé, sa santé est fragile, et ma mère qui n'a rien compris et s'est affolée m'a téléphoné, en croyant que nous avions été victimes d'un attentat, avec tout ce qui s'est passé récemment dans Paris.

— C'est leur métier, mais ils peuvent montrer un peu de délicatesse. Ils m'ont posé des questions sur ma famille, alors que je suis fâchée avec mes parents depuis plusieurs années, et encore heureux qu'ils n'aient pas retrouvé mon oncle, dont j'ai eu soin de ne pas leur révéler l'existence. Je suis tombée sur un jeune inspecteur qui m'a sorti "vous avez bien un petit ami, non ?", et qui l'a pris de haut lorsque je lui ai rétorqué que j'avais passé l'âge de ce genre de plaisanterie.

— Je vois lequel, c'est le même qui m'a posé des questions sur les gens que nous recevons, qu'est-ce que notre ami le proviseur du lycée Henri IV peut avoir à faire avec un crime qui s'est déroulé dans mon immeuble ?

— Il est évident qu'il a fallu un complice dans la maison, mais je suppose que celui-ci a des réponses toutes prêtes. Ils ont l'air de croire que nous passons notre temps soit les uns chez les autres, soit l'œil au trou de la serrure pour épier nos voisins, comme si nous avions le temps. Déjà, à Paris, il est exceptionnel que tous les locataires d'un immeuble se connaissent. Mais c'est peut-être cela qui leur a paru bizarre.

— Et encore, ce n'est rien à côté de l'étudiant, je l'ai rencontré hier : on n'a pas cessé de l'importuner, alors qu'il a tous ses partiels dans un mois.

— Il est vrai qu'il fait preuve d'imprudence, à laisser ainsi la clef à tous ses copains. Résultat, on recherche les deux jeunes et on n'est pas sûr qu'il ne sache pas de qui il s'agit. Je suppose qu'on a aussi contacté son grand-père, qui avait acheté un tableau à la vieille.

— Cela, c'est normal, mais il paraît qu'on a quasiment demandé à ce monsieur de raconter sa vie. Si on pense que son petit-fils a commis une imprudence, qu'a-t-on besoin d'ennuyer le grand-père avant d'en être sûr ? En plus, on a enquêté sur lui à la fac. Vous imaginez...

— Ce que je pense, c'est qu'il a effectivement passé ses clefs à ces deux jeunes gens, qui devaient s'être sauvés de chez leurs parents, ou quelque chose comme cela. Et il ne veut pas les trahir.

— C'est vraisemblable. On a tous fait ça dans notre jeunesse, mais il a fallu qu'il y ait le crime. En tout cas, je suis arrivée à obtenir qu'ils ne viennent pas nous interroger sans téléphoner auparavant. Ces gens qui travaillent aux horaires de bureaux n'arrivent pas à se rendre compte que la journée est loin d'être finie pour nous lorsque nous sommes sortis du lycée, et ils sont tous étonnés de nous trouver en pleine séance de correction de copies ou de préparation de cours.

— Je leur ai demandé la même chose. J'ai eu plus de chance que vous, en tombant sur un inspecteur plus âgé qui suivait de près les études de sa fille qui était en troisième, et à qui j'ai demandé ce qu'il penserait si les résultats du brevet subissaient un retard "parce que les correcteurs ont été dérangés". Il a été très étonné de me voir préparer des cours alors que "j'étais en vacances".

— En voilà au moins un qui révisera son opinion sur "les profs". Enfin ! Espérons qu'ils puissent se calmer."

"Ils" ne se calmèrent pas, et mon humeur ne s'arrangea guère. J'avais beau me dire que tous les locataires étaient au même régime que moi, que la police ne faisait que son travail et n'avait aucune raison de me croire sur ma bonne mine, je trouvais que les inspecteurs s'étaient montrés maladroits et agressifs. Je ne supportais pas d'être espionnée, ni que ma parole soit mise en doute. Je donnai mes cours dans un état d'énervement qui rejaillit sur mes élèves. L'un d'eux - qui par ailleurs travaillait correctement, et était un enfant bien élevé - ayant contesté sa note, je le houspillai avec violence et ses parents vinrent me voir. Je pus me justifier sans peine quant à la note, une version ratée, cela arrive, mais ils jugèrent ma réaction exagérée et se plaignirent à la directrice de ce que je les avais quasiment envoyés promener.

Cette dernière me reçut, inquiète, et m'apprit que la police l'avait questionnée à mon sujet. Au bord de la crise de nerfs, je crus me retrouver un an en arrière, lorsque je me faisais qualifier d'"élément non intégré" dans mon établissement de province. Je lui racontai en bafouillant les événements qui s'étaient déroulés dans mon immeuble. Ma directrice, ayant depuis longtemps l'expérience des professeurs "qui craquent", et s'étant rendu compte que j'étais une personne sensible, comprit très bien, et me demanda si je voulais prendre un congé maladie, en ajoutant que cela l'ennuyait, car il était difficile de trouver un remplaçant, mais que tout valait mieux que de faire mes cours dans l'état de dépression où je me trouvais.

— Je préfère continuer, mes élèves risquent de prendre du retard dans leur travail, ce serait ennuyeux.

— Dans l'état où vous êtes, vous avez besoin de changer d'air. Écouter, il y aurait une solution. Donnez au jeune surveillant qui est étudiant en lettres modernes quelques sujets de devoirs pour vos élèves, et, voyons, nous sommes mardi, partez quelque part à la campagne, faites une excursion, en tout cas quittez Paris, et revenez lundi.

— Partir ? Mais la police m'a recommandé de ne pas m'absenter de Paris, j'aurais l'air de prendre la fuite.

— Et alors ? Vous avez bien le droit d'être malade, vous n'allez pas disparaître avec le contenu du coffre-fort, et vous n'êtes pas suspectée, enfin ! Ils ne se rendent pas compte de ce qu'est le travail d'un enseignant, qui doit avoir l'esprit libre, d'ailleurs je ne leur ai dit que de bonnes choses sur vous. Partez sans laisser d'adresse, dites seulement à votre concierge que vous allez en province faire des recherches, et que l'on ne pourra vous joindre avant lundi, je dirai la même chose si on me contacte à votre sujet. Pas la peine de vous faire faire un certificat médical, pour trois jours de cours, j'en prends la responsabilité. Mais, surtout, quittez Paris et n'emportez pas de travail avec vous. Financièrement, pouvez-vous vous offrir cela ? Sinon, je peux vous indiquer un couvent en Sologne, qui a l'habitude de recevoir des chercheurs, pour une somme très modique.

— Cela ira, je peux me payer quelques jours d'hôtel, surtout que c'est la morte-saison, à part en montagne.

— Bon. Faites du sport, visitez les châteaux de la Loire ou faites une croisière, à votre guise, mais oubliez tout pendant ce week-end."

Je la remerciai vivement de sa compréhension, donnai les consignes au surveillant, et rentrai préparer ma valise. Je dis ce dont nous avions convenu à la concierge, qui me fit remarquer que "ce n'était pas le moment", et me regarda d'un air soupçonneux, mais accepta de s'occuper de Socrate pendant mon absence. Je fonçai jusqu'à la gare Montparnasse, attrapant au vol le bus "58" en regardant de tous côtés pour voir si personne ne m'épiait, mais ne rencontrai ni inspecteur ni journaliste.

J'arrivai au guichet et me sentis stupide. Au fait, où allais-je ? Je levai les yeux vers le tableau des horaires de départ, et vis qu'il y avait un train pour Saumur dans une demi-heure. Va pour Saumur, il y aurait au moins du bon vin.

XIX.

C'était presque la première fois que je partais en vacances, dans un simple but de loisirs, et je ne savais pas ce que font "les gens" quand ils sont en congé, à part aller à la plage, mais nous étions à la fin de janvier. Un guide touristique acheté à la gare de Saumur me fit choisir une auberge située à proximité d'un club d'équitation, et je passai ces quelques jours en randonnées à cheval. Je fis la connaissance d'un charmant représentant, marié et père de famille, mais à qui ses fréquents déplacements professionnels permettaient quelques distractions extraconjugales, et me dis alors que "les bonshommes" pouvaient présenter quelques agréments, surtout ceux qui n'exposaient pas dix fois par jour leurs idées sur la façon de refaire le monde et ne vous traitaient pas comme une petite élève débutante dans tous les domaines. D'accord, je jouissais de ma liberté après m'être débarrassée de ce despote de Jean-Michel, mais ce n'était pas une raison pour faire vœu de chasteté. Après tout, c'était peut-être cela qui me manquait, il faudrait que je m'en occupe à mon retour, mais surtout, pas de prof ni de collègue de recherches, j'avais déjà donné pour ce qui était des rivalités professionnelles s'ajoutant aux frictions conjugales. Cloisonnons un peu les cercles de relations.

Mon amoureux de trois jours parti, je discutais de choses et d'autres avec des retraités de la région qui fréquentaient le manège, quand ils me parlèrent de leur club de bridge. Je connaissais vaguement ce jeu, et savais qu'il nécessitait un apprentissage assez long, ce qui n'était pas pour me gêner, j'aimais apprendre. Ils m'invitèrent à les accompagner, et je passai la soirée du samedi à regarder une compétition et à bavarder avec les joueurs, achetai un livre pour débutants, et notai la liste des clubs à Paris, avec des précisions données par l'arbitre local qui m'apprit qu'il y en avait où l'on jouait "à l'argent", ce qui ne m'intéressait pas, et d'autres qui pratiquaient la compétition. Il m'indiqua ces derniers, avec des avertissements du style "dirigeants gentils, mais clientèle plutôt âgée" ou "arbitre dragon, joueurs du type jeunes loups aux dents longues ou bridgeurs professionnels", et je retins ceux où l'on pouvait apprendre correctement, dans une ambiance amicale.

Après tout, ma thèse avançait bien, et j'avais plusieurs années pour la terminer, je pouvais me permettre d'avoir une activité de loisirs qui me changerait de milieu, il me fallait un dérivatif. Bien sûr, j'aimais les chevaux, mais on ne pouvait pratiquer ce sport pour un prix raisonnable qu'assez loin de Paris, je n'avais pas de voiture, et surtout l'on pouvait jouer au bridge les soirs de semaine, et réviser sa technique chez soi. Je rentrai à Paris la tête pleine de piques, cœurs, carreaux et trèfles.

XX.

Les jours suivants, je ne pus que bénir ma directrice. Tout rentra dans l'ordre au collège, et le fait d'avoir une nouvelle activité prenante pour l'esprit - je m'étais dès mon retour inscrite dans un club de bridge, pour commencer immédiatement les leçons - me permettait de ne plus penser aux inspecteurs qui revenaient périodiquement dans la maison. Le commissaire, qui s'était rendu compte que cette histoire m'avait quelque peu bouleversée, me dit que j'avais eu tort d'en faire une dépression, ses collègues ne faisant que leur travail, et que lui-même, nonobstant sa qualité de membre de la police, avait également été interrogé. Deux jeunes femmes, qui avaient l'air d'hésiter dans l'escalier, avaient été priées de montrer leurs papiers, alors qu'elles venaient seulement dîner chez le couple d'enseignants qui n'était pas encore arrivé. Il en avait été de même pour le journaliste ami de l'écrivain, qu'un inspecteur avait vu ouvrir sa porte alors que mon voisin était encore à l'hôpital : il venait lui chercher des affaires, et à cet effet lui avait emprunté sa clef, en ayant pris soin de prévenir la concierge, qui d'ailleurs le connaissait. Un copain de l'étudiant avait été confronté avec les patrons du bistrot, qui avaient affirmé qu'il ne s'agissait pas d'un des deux jeunes. Le commissaire m'apprit qu'on les recherchait toujours, car l'étudiant avait nié avoir hébergé quelqu'un. On l'avait toutefois à l'œil. De plus, l'affaire allait monter plus haut, il s'agissait d'escrocs d'envergure internationale: l'on avait découvert que le défunt mari de la vieille, un marchand de tableaux résidant en Hollande, avait fait partie de la commission d'experts qui avaient examiné la collection d'œuvres d'art que le maréchal Von Goering s'était constituée durant la Seconde Guerre mondiale. L'histoire que je lui avais racontée était vraie, un Néerlandais nommé Van Meegeren, accusé de complicité avec l'ennemi pour lui avoir vendu des tableaux de Vermeer provenant de collections particulières de déportés, s'était défendu en arguant du fait que ces pièces étaient des faux et qu'il en était l'auteur. Il avait prouvé son habileté en exécutant dans sa prison un tableau que les experts, n'étaient la texture de la toile et la composition des peintures, pouvaient confondre avec une œuvre du maître de Delft. Il prétendait avoir exécuté ces faux Vermeer en utilisant des toiles anciennes qu'il avait nettoyées, et en ayant reconstitué les compositions des peintures de l'époque. Il existait ainsi sur le marché plusieurs toiles que l'on ne pouvait expertiser avec certitude. Ainsi, le tableau volé au grand-père de l'étudiant et celui figurant sur l'inventaire de mon prédécesseur étaient-ils des vrais ou des faux ? Et ceux que semblait-il la vieille avait cachés sous des peintures communes étaient-ils des Vermeer ? L'enquête suivait son cours.

Mon commissaire de voisin, sans avoir l'air d'y toucher, amena la conversation sur mon installation dans la maison. Il me dit qu'il avait paru étrange qu'une personne comme moi, professeur auxiliaire dans un collège - on savait que ces gens-là ne touchaient pas un traitement très élevé -, dont les parents étaient de simples employés de la R.A.T.P., ait eu brusquement de quoi s'acheter un appartement au Quartier latin, même à un prix très bas, et que c'était l'une des raisons pour lesquelles on m'avait pressée de questions. Le fait que j'aie déclaré ne pas avoir entendu le coup de feu ne prouvait rien, les silencieux, cela existait. Avec un "Pourquoi ne me l'a-t-on pas demandé tout de suite ?", je lui montrai, encadré au mur, la photo, et le volet du ticket de tiercé qui avaient fait mon bonheur, en ajoutant qu'on pouvait questionner mon oncle - je m'excusai de n'avoir pas parlé de lui à la police, ne voulant pas qu'il soit importuné - et surtout ma banque où j'avais déposé le chèque du P.M.U. Le commissaire rit beaucoup, et s'exclama: "Ça existe, des gens qui gagnent au tiercé ! De quoi s'acheter un appartement, avec une simple combinaison à deux balles ! Il va falloir peut-être que je m'y mette."

Il m'assura qu'on me laisserait tranquille, mais que je ne devrai pas m'affoler si un inspecteur me demandait une quelconque précision, il arrive souvent que les gens se souviennent plusieurs jours après d'un détail qui leur a échappé sur le coup. Je l'assurai que je ne manquerais pas de l'en aviser le cas échéant.

J'allai voir mon voisin l'écrivain pour prendre de ses nouvelles, et le trouvai en compagnie du journaliste. Celui-ci me brancha aussitôt sur le meurtre, ce qui me gêna un peu. Monsieur Boulard, s'en rendant compte, m'expliqua que son ami était celui que la police avait interrogé quand on l'avait vu entrer. En outre, il était chez lui le jour de la visite des pseudo-brocanteurs, et on pouvait raisonnablement penser que ceux-ci étaient dans le coup.

Ce que Boulard m'apprit ensuite n'était guère rassurant. Rentrant de l'hôpital, il s'était aperçu qu'on s'était introduit chez lui en découvrant des canettes de bière vides et les verres lavés. Il était sûr d'avoir vidé sa poubelle, mais de n'avoir pas fait la vaisselle le jour où la voiture l'avait renversé. "Je ne suis pas si distrait que ça", ajouta-t-il, "tout est peut-être entassé chez moi, mais je sais où et dans quel état se trouvent les choses." Qu'allait-il encore arriver ? Quoique, maintenant que la vieille était morte, on puisse espérer que les malandrins avaient eu ce qu'ils cherchaient et que la maison retrouverait son calme. En tout cas, c'était bien chez lui que j'avais entendu des gens entrer, Socrate ne s'était pas trompé en se précipitant vers la porte avec l'instinct de curiosité de tous les chats. La concierge disait n'avoir vu entrer personne, mais sa vigilance pouvait avoir des limites.

XXI.

Je faisais d'après mon professeur des progrès fulgurants au bridge - pour une personne universitaire et chercheur, l'apprentissage allait bien plus vite que pour un retraité dont les années d'études étaient loin - et commençais à jouer dans des compétitions de petit niveau. Nous étions un groupe de joueurs passionnés qui écumions les tournois de la région parisienne, sans résultats extraordinaires, mais, pour nous, débutants, gagner un stylo-bille ou un dessous-de-plat était quelque chose de valorisant.

Ce dimanche de printemps, le tournoi se déroulait dans un club sportif qui comprenait une piscine, des courts de tennis et un club de tir où j'eus la surprise de rencontrer le commissaire qui y pratiquait son sport favori. Je vis également son copain, qui me tourna le dos, sans doute ne m'avait-il pas reconnue, ou ma tête ne lui revenait-elle pas. Ou peut-être venait-il de rater sa compétition. Mon voisin ne connaissant que la belote et moi-même ne m'intéressant pas au tir, je me contentai d'un rapide bonjour et rejoignis mes partenaires pour discuter de nos conventions de jeu, avant que l'arbitre ne nous appelle pour que nous prenions nos places. Cette rencontre m'agaça un peu, je craignis un instant d'être de nouveau suspectée, de voir l'enquête à mon sujet remonter jusqu'à mes nouveaux amis, et avant tout je désirais ne pas mélanger les relations. Si j'avais de bons rapports avec mes voisins, je n'aurais jamais supporté que quelqu'un, fut-il commissaire de police, osât s'aventurer à connaître tout de moi. J'aimais bien bavarder avec mon éternel distrait de voisin, mais c'était aussi parce qu'aucun d'entre nous ne s'était hasardé à poser des questions personnelles à l'autre. Depuis plus de six mois que je le connaissais, je ne savais pas s'il aimait les hommes, les femmes ou les poissons rouges, et son entourage se réduisait pour moi au journaliste que j'avais rencontré chez lui. Lui ne savait de moi que ma profession et ne connaissait de mon entourage qu'Anne et une de mes collègues, qu'il confondait régulièrement. On peut se parler sans se poser des questions personnelles. Je bavardais amicalement avec la concierge, mais seulement sur des sujets anodins, parmi lesquels les résultats scolaires de ses enfants tenaient la plus grande place, et il s'était passé assez de choses dans la maison pour alimenter les sujets de conversation.

Aussi, le fait d'avoir rencontré ce commissaire de voisin m'empêcha-t-il de me concentrer efficacement. Je ne fus pas particulièrement brillante au jeu, et m'excusai auprès de ma partenaire d'avoir raté un chelem "sur table" en prétextant un mal d'estomac qui m'avait fait mélanger les carreaux et les cœurs.

XXII.

Je passais devant un café de la rue d'Assas lorsque je vis, assis à une table dans le fond, mon voisin l'étudiant en compagnie de deux jeunes que je reconnus comme ceux rencontrés dans l'escalier le lendemain du crime. Je me précipitai vers eux et, d'autorité, m'assis à leur table. Ils n'avaient pas des têtes d'assassins et je reprochai à l'étudiant de n'avoir pas signalé leur présence à la concierge.

— Mais je n'en savais rien !" rétorqua mon voisin. "Ces deux tourtereaux viennent seulement de m'apprendre qu'ils avaient décidé de passer leur lune de miel chez moi, sur un coup de tête. Alain avait mes clefs, il habite chez une logeuse chez qui il ne peut recevoir.

— Mais savez-vous que la police vous recherche ? Et vous vous promenez tranquillement dans le quartier ! Vous n'êtes pas allés tout raconter au commissariat ?"

La jeune fille se mit à pleurer.

— Je n'ai que dix-sept ans, et vous ne connaissez pas mes parents ! C'est "passe ton bac d'abord", et, quand je l'aurai, ce sera "passe ta licence", et ainsi de suite jusqu'à ce que j'aie un boulot, et alors ils vont me tanner "quand est-ce que tu te maries ?", comme au temps de ma grand-mère, ça a été pareil pour ma sœur qui a fini par se barrer. J'ai dû sécher mes cours au lycée pour venir, je ne vois Alain qu'en cachette, c'est tout juste s'ils ne viennent pas me chercher à la sortie du lycée. Le jour de Noël, on s'est disputés, je suis partie en prétendant aller chez une amie et j'ai téléphoné à Alain. J'ai mis ma copine au courant."

Ses larmes n'étaient pas de la comédie, et j'avais eu des parents du même genre. Je proposai de tout raconter à notre voisin le commissaire qui se moquerait bien de leur escapade amoureuse, et leur ami était du même avis. Je lui passai le numéro de son bureau et il appela notre voisin qui vint nous retrouver.

— C'est malin !", explosa-t-il, "il y a eu un crime dans la maison, et vous vous planquez par peur d'engueulades familiales ! C'est bien vous qu'ont croisés les locataires du premier ?

— Un couple d'un certain âge, oui." dit le nommé Alain. "Mais nous n'avons pas su tout de suite qu'il y avait eu un crime, nous ne lisons pas ces rubriques dans les journaux, nous ne l'avons pas appris à la télévision, et lui et moi ne nous rencontrons pas tous les jours, acheva-t-il en montrant son condisciple.

— Je vais vous demander de venir à mon bureau pour prendre votre témoignage. Simple formalité", ajouta-t-il en voyant l'air affolé de la jeune fille, "nous ne vous citerons que si c'est absolument nécessaire, mais il faudra me dire absolument tout ce que vous avez vu et entendu.

— Pas grand-chose", dit Alain. "Des gens ont sonné vers huit heures chez la voisine, cela nous a fait peur, car nous avons cru que c'était pour nous, j'ai regardé par l'œilleton et ai seulement vu la porte se fermer. Au milieu de la nuit, les mêmes pas dans l'escalier, impossible de vous dire à quelle heure, mais il s'agissait d'un homme et d'une femme, aux bruits des talons de chaussure.

— Vous êtes d'accord, Mademoiselle ?

— Tout-à-fait. Nous n'avons pas entendu parler.

— Et un coup de feu ?

— Ah, ça, non.

— Sûr ?

— Mais oui.

— Bon. Vous m'auriez raconté le contraire... L'arme était vraisemblablement pourvue d'un silencieux. Vous venez, qu'on mette ça par écrit ? Vous aussi, Monsieur", dit-il à notre voisin, "merci de les avoir décidés, et à vous aussi", me dit-il.

XXIII.

D'après son testament, qui datait d'une bonne vingtaine d'années, la morte léguait ses biens à un lointain parent dont il s'avéra qu'il était décédé depuis pas mal de temps. Une enquête avait été menée en France et à l'étranger pour essayer de retrouver d'éventuels héritiers de la victime, et n'avait rien donné. L'appartement reviendrait donc aux Domaines, et serait vendu ainsi que son contenu. Ceci ennuyait fort mon voisin qui était locataire de la morte, et craignait que son appartement ne soit acheté et qu'il ne doive déménager, alors qu'il s'y trouvait bien et avait une masse de travail en ce moment.

Pour moi, je nageais en pleine euphorie, ayant rencontré au club de bridge un nommé André, d'origine égyptienne et chrétien de rite oriental, joueur invétéré qui gravitait pour ses affaires d'import-export entre Londres et Paris, et qui était vite passé de l'état de partenaire de bridge à celui de partenaire tout court. Dans cette disposition d'esprit, je ne me frappai pas lorsque je trouvai, toujours adressée au collège, une seconde lettre de Jean-Michel, qui me demandait de lui donner des nouvelles, car j'avais dû emporter "par erreur" son magnétophone. Ma seule vengeance fut de lui faire envoyer un catalogue de publications pieuses, et de donner son adresse à tous les représentants en dictionnaires et autres publicitaires possibles.

André, ancien élève des Jésuites, se trouva avoir connu - le monde est petit - le théologien parent de l'auteur de mon livre, et ne risquait pas de se gausser de mes études de latin et surtout de grec qui était sa langue liturgique, se proposant même de m'apprendre l'arabe et ce qu'il connaissait de syriaque.

Nous allions quelquefois assister ensemble à la messe grecque catholique de Saint-Julien-le-Pauvre, dont la liturgie était superbe, et que ma connaissance du grec ancien me permettait de suivre sans problème, et avions fait le projet d'aller à Londres en juillet. Je me promettais d'écumer les manuscrits latins de la British Library.

La pensée de Jean-Michel apprenant que je fréquentais un chrétien oriental pratiquant me faisait rire, je l'imaginais racontant à ses amis anticléricaux que j'étais "passée dans le camp des curés" et qu'au lieu d'aller me désencrasser les poumons par des activités sportives salutaires, je me consacrais à ce jeu de bourgeois du seizième qu'était le bridge, alors que les membres de notre club étaient aussi bien postiers ou artisans que retraités ou chefs d'entreprise, et que l'on comptait un assez grand nombre d'enseignants, surtout ceux des "matheux" qui préféraient les cartes aux échecs.

André avait séduit la concierge avec ses assauts de politesse tout orientale, et Anne, après avoir dûment examiné son thème astrologique, l'avait adoré. Je lui avais raconté par le menu l'assassinat de la vieille et tous les événements qui l'avaient précédé, et il n'appelait pas cet immeuble tranquille autrement que "la maison du crime", à laquelle il trouvait un relent de mystère particulier. Il qualifia le commissaire de "gros godiche", quand je lui avais rapporté qu'il avait fallu que l'on agresse son amie pour qu'il daignât s'intéresser aux événements qui s'étaient déroulés.

— Apparemment, me dit-il un jour que nous étions au restaurant et que la conversation roulait sur ce sujet, on a cherché à faire peur aux locataires, d'abord pour qu'ils s'en aillent, aux moins pour la période de Noël, on y est arrivé avec tes voisins du dessous qui ont dû craindre pour leurs enfants, et ensuite pour se trouver une planque dans l'immeuble. Mais, dis-moi, et ton policier, il ne tremperait pas un peu dans l'affaire, lui aussi ? Il n'aurait pas à son insu des copains un peu trafiquants ?

Le seul que je connaissais, pour avoir un jour échangé deux phrases avec lui, paraissait un petit fana de sport bien inoffensif, il ne m'avait même pas reconnue au club où j'avais fait un tournoi de bridge.

— Ce qui est curieux, c'est que l'on ait agressé sa femme. Un commissaire de police ne se laisse pas impressionner avec cela, il n'aurait pas pris la fuite.

— Ça n'a peut-être aucun rapport. Les dingues qui vous sautent dessus, il y en a partout.

— Peut-être. En fait, tout le monde peut être suspecté.

— Pas la concierge. Tu la vois assassinant la vieille d'un coup de revolver ?

— Non, bien sûr, mais elle pu être payée pour faire entrer quelqu'un, qui ne pouvait se planquer chez elle à cause des enfants qui auraient risqué de parler.

— Ce qui est important, c'est qu'on soit allé jusqu'à risquer de tuer l'écrivain pour pouvoir occuper son appartement. Donc, on peut mettre l'étudiant hors de cause, il habite en face de chez la victime et il n'avait qu'à laisser sa clef à un soi-disant copain. D'ailleurs, il y a eu les deux jeunes.

— Les pauvres mignons ! Ça nous rappelle notre jeunesse, on a tous eu les mêmes problèmes avec les parents. Mais qui te dit que leur histoire est vraie, après tout ? Ces gamins assassins, je ne pense pas, d'après ce que tu m'en as dit. Mais complices, c'est possible. Oui, mais, tu as raison, on n'aurait pas eu besoin d'aller chez l'écrivain. Idem pour les profs. Quoiqu'ils habitent en face de chez le commissaire. Idem pour toi.

— Hé, là ! N'exagère pas.

— Mettons que tu aies été complice du meurtre. Pourquoi donc aller chez l'écrivain ? Ah, à la rigueur, pour te mettre hors de cause. Avec ton esprit tordu...

— Un mot de plus, je te...

— On se calme ! Planquer les visiteurs chez l'écrivain pour se mettre hors de cause... alors, c'est un retour à la case départ. Tout l'immeuble est suspect. Les flics ont dû y penser, il fallait nécessairement un complice habitant la maison, ou au moins qui y connaît quelqu'un. Cela fait beaucoup de monde, les amis des profs, de l'étudiant, du commissaire, de l'écrivain. Tiens, et ce journaliste qui vient chez lui ? Il a la clef, lui aussi, et sa profession lui permet de poser des questions aux gens. Ajoutons les bistrots, ces gens voient beaucoup de monde, ils doivent bien recevoir de temps en temps. Et toi ? Anne a ta clef, non ?

— Eh oui. Elle a été interrogée aussi. Ainsi que ma collègue prof de sciences, et la concierge les connaît toutes les deux.

— Tu étais seule chez toi pendant la nuit du meurtre, tu t'étonnes qu'ils t'aient ennuyée ? Il faut bien qu'ils cherchent. D'où les interrogatoires "Vous avez un amant ? Des amis ? Qui voyez-vous ? Qu'est-ce qu'ils font dans la vie ?", et les enquêtes sur vos lieux de travail qui vous ont tous énervés.

— Il y en a un qui a dû tout entendre.

— Hein ? Qui ça ?

— Le chat. Quand il m'a réveillée la nuit, ce devait être à cause d'un bruit entendu au-dessus, ou bien des assassins qui descendaient l'escalier. Heureusement que je ne suis pas sortie ce soir pour rentrer à ce moment-là.

— Monsieur Socrate, principal témoin ! Ça me rappelle un film. Tu le vois à la barre, avec un interprète pour le langage chat ?

— Mon chat ! Je ne le laisserai pas ennuyer. D'ailleurs, il a certainement tout oublié.

— Nous le protégerons," termina André en pouffant de rire.

XXIV.

Mon voisin l'écrivain était rassuré: l'appartement de la morte avait été vendu à un homme d'affaires belge, qui cherchait un pied-à-terre à Paris, et le sien à quelqu'un qui désirait seulement faire un placement et le gardait comme locataire.

La maison ne retrouva pas son calme pour autant : il fallut dans un premier temps vendre les objets précieux et les meubles que contenait l'appartement, avant d'y entreprendre divers travaux. La concierge était sens dessus dessous en pensant à l'état de ses escaliers et au travail que lui donneraient toutes ces allées et venues. Heureusement, elle partait en vacances en juillet, avec ses enfants, son chat et son canari, et sa remplaçante s'occuperait de tout cela.

Meubles et caisses d'objets divers descendirent l'escalier, et les locataires furent ahuris en voyant tout ce que pouvait contenir un petit appartement semblable en superficie au leur. L'homme d'affaires belge était, paraît-il, passé plusieurs fois, dans le but de repérer éventuellement quelque objet d'art intéressant avant la vente officielle, et à chaque fois la concierge l'avait accompagné, et le trouvait maniaque en le voyant examiner de fond en comble tous les meubles et tripoter les bibelots. Elle fut soulagée lorsque l'appartement fut enfin vidé, et put se décharger sur sa remplaçante, car elle partait en vacances juste après le début des travaux de peinture et d'électricité.

Après avoir ressemblé à une boutique d'antiquaire, l'entrée de la maison fut envahie pas des échelles et autres pots de peinture, la moquette de l'escalier fut ôtée et les travaux commencèrent. L'étudiant avait fui dans sa famille dès la fin de ses examens. L'écrivain et moi, nous priâmes les peintres de ne pas faire hurler leur transistor fenêtre ouverte, en leur expliquant que nous travaillions le plus souvent chez nous.

  J'avais hâte de partir pour Londres, attendant le retour d'André qui était allé voir son fils - il était divorcé depuis une dizaine d'années - à Marseille. Je m'apercevais qu'il me manquait, et que je n'étais pas tranquille lorsqu'il s'absentait, ayant peur qu'il ne revienne pas. Anne, chez qui je passais souvent la soirée, se moqua gentiment de moi et de mes angoisses amoureuses. "S'il voulait te plaquer, il ne t'aurait pas proposé d'aller à Londres, enfin ! Et, en plus, il t'a donné toutes ses coordonnées téléphoniques, et il t'appelle presque tous les jours ! Il pouvait bien prétexter un voyage d'affaires, comme tu as fait quand tu es partie pour Saumur. Serais-tu jalouse, ou deviendrais-tu pot de colle ?" Je lui répondis que je voulais seulement que l'on soit franc avec moi, que j'avais été assez échaudée dans le passé, et que je ne souhaitais surtout pas retomber sur un Jean-Michel. Anne me dit de ne comparer que ce qui était comparable. "Et alors ? Tu as peur qu'il soit trop bien pour toi, avec son début de calvitie et son grand pif ?" - André était doté de ces deux caractéristiques - Nous terminâmes la soirée en commentaires moqueurs sur nos jules respectifs, et François nous dit que "s'il nous gênait, il pouvait aller faire un tour."

XXV.

Je fus très occupée à la fin de l'année scolaire, préparant une pièce de théâtre avec mes élèves. Ma directrice m'assura que je retrouverais mon poste à la rentrée, et nous terminâmes par un dîner entre collègues. Le professeur d'histoire et de géographie à qui j'avais envoyé mon voisin l'écrivain me demanda de ses nouvelles, car il l'avait trouvé très amusant et trouvait que "Boulard" rimait avec "polar", pourquoi avait-il pris un pseudonyme américain, Steve ou Steele, il ne savait plus, cela faisait commun. Sur ma lancée, je racontai l'histoire du crime que seules la directrice et la collègue avec qui j'étais plus intime connaissaient, et les commentaires allèrent bon train sur "ces flics à qui il ne suffit pas de coller des contraventions", et "ces journaleux qui ne savent pas respecter la vie privée des gens", on comprenait ma déprime de janvier. Le plaisantin du groupe signala que toute histoire de crime devait comprendre un détective, et me demanda si je pouvais tenir le rôle d'Hercule Poirot. Je lui répondis que le seul qui avait pu découvrir des indices était mon chat, qui se nommait Socrate et non Hercule, et d'ailleurs, ayant moins d'un an, était donc trop jeune pour tenir ce rôle ou même celui de témoin.

André rentra de Marseille le surlendemain et je m'en voulus de mes doutes et angoisses. Ayant vu le chantier qu'était devenu l'escalier de l'immeuble, il me proposa de venir chez lui durant les quelques jours qui précédaient notre départ. Je refusai à cause de Socrate, qui allait passer ses vacances chez les parents d'Anne et que je ne voulais pas faire déménager deux fois, les chats détestant tout changement à leurs habitudes.

L'après-midi suivant, André arriva chez moi en rigolant, car la concierge avait tenu à le présenter à sa remplaçante, et il avait recommencé ses assauts de politesse pour être bien vu d'elle. Au premier, il avait croisé l'américain qui sortait de chez lui en bonne compagnie.

— Dis donc, il se paye du bon temps, le monsieur ! Il était avec une petite jeune qui ne doit pas avoir plus de vingt ans.

— Ah, ces hommes d'affaires pleins de fric ! Ne soyons quand même pas trop mauvaise langue, c'est peut-être sa fille, ou sa nièce.

— Possible. Ça m'a fait penser à un de mes clients, un type qui a toujours beaucoup de "nièces", toutes plus idiotes les unes que les autres, et à qui je ne donne plus de rendez-vous que dans mon bureau, car au café ou au restaurant il ne sait pas se tenir avec ses pseudo-parents. C'est quelque chose qui a toujours eu le don de m'agacer.

— Tu verras, dans quelques années, le démon de midi...

— Tu crois que c'est mon genre, à moi qui étais gêné d'être attiré par toi et ne me suis décidé que quand j'ai su que tu avais la trentaine, tu fais jeune.

— Merci, je sais, ça m'énerve assez avec les parents d'élèves qui croient que je débute, et je ne te dis pas les problèmes avec les propriétaires de piaules qui me demandaient "l'adresse de mes parents" en me croyant mineure, à l'époque, la majorité était à vingt et un ans.

— Je dois dire que tu es la première femme que je connaisse qui a hâte d'avoir des rides.

— Il y en a plus que tu ne crois, dans des métiers à responsabilité."

André partait pour me faire sa grande déclaration lorsqu'un coup de sonnette interrompit le début de nos ébats amoureux. Ce n'était que le peintre qui travaillait au-dessus, seul ce jour-là, et grimaçait de douleur en me montrant sa main et son front ensanglantés: il venait de recevoir des planches sur la tête et de s'enfoncer un clou dans le doigt en détachant les couches de papier peint qui tapissaient le fond du placard. Des bouts de planches avaient été cloués n'importe comment à cet endroit, sans doute pour le renforcer, et lui étaient tombés dessus. Et, naturellement, il avait oublié la trousse de secours, c'est toujours ces jours-là que ça arrive. Je le conduisis à la salle de bains, allai chercher désinfectant et sparadrap, et André, aussi curieux qu'un chat, lui demanda à voir l'ampleur de la catastrophe. Le peintre, n'y voyant pas malice, accepta.

Il nous fit monter dans l'appartement et, enjambant le matériel épars, nous accédâmes au placard de la chambre où les étagères s'étaient écroulées. Sans tenir compte des exhortations à la prudence que lui faisait le peintre, André s'y plongea et, écartant les planches tombées, ramena un paquet en papier kraft, long et plat, qui avait été coincé par des planches mal clouées dans le plâtre du mur, le tout étant recouvert par le papier peint.

— Un tableau !" m'écriai-je.

En expliquant au peintre, qui ne connaissait rien de l'affaire, qu'il y avait eu dans cet appartement une histoire de tableaux volés, nous défîmes le papier et, ahuris, pûmes contempler un tableau qui, quoique sali et un peu craquelé, ressemblait à s'y méprendre à un Vermeer. Un vrai ou un faux ?

— Il faut prévenir le propriétaire !" dit le peintre.

André, reprenant une allure d'homme d'affaires sérieux, lui expliqua que, vu l'affaire qu'il y avait eu dans cet appartement, c'était le commissaire qui devait être le premier informé, et que d'ailleurs le nouveau propriétaire avait acheté l'appartement, mais non son contenu qui était parti dans une salle de ventes. Le peintre parut content de cette suggestion et nous raconta que le nouveau propriétaire venait souvent leur "casser les pieds", à lui et à son collègue qui prétendaient connaître leur métier mieux que "ce gros belge" qui inspectait les murs après qu'ils les aient débarrassés de leurs papiers peints, comme s'il voulait vérifier leur travail.

 Le commissaire, à qui nous avions immédiatement téléphoné, débarqua avec deux de ses collègues. Il regarda d'un air soupçonneux André qui avait si vite découvert le tableau, et prit la déposition du peintre, dont la tête pleine de sparadrap et de mercurochrome attestait de la véracité de ses dires. Il nous remercia toutefois de l'avoir immédiatement appelé, et fit la grimace quand nous lui apprîmes que nous partions pour Londres, il pourrait avoir besoin de nous. "Je ne vais pas mettre mes employés au chômage en perdant des commandes", lui répondit André, "dans la conjecture actuelle... Voici mes coordonnées là-bas, vous nous contactez quand vous voulez." Forcé d'admettre ses arguments, le commissaire prit sa carte et je lui demandai s'il savait quelque chose sur le Belge, si par exemple il était marchand de tableaux ou quelque chose comme cela.

 — Ah, non, répondit mon voisin, la concierge m'a dit qu'il était entrepreneur. Je ne vois pas d'ailleurs pourquoi il aurait été interrogé sur quoi que ce soit.

 — Entrepreneur ?" coupa le peintre, "Mon œil ! Il ne s'y connaît absolument pas en travaux, je vous assure, avec toutes les c... qu'il nous a sorties. Il est peut-être propriétaire d'une grosse boite où il vient en fin de mois pour toucher du fric, mais ce n'est certainement pas lui qui la fait tourner. Ou alors, elle est en faillite.

 — La concierge a pu se tromper. En tout cas, il a acheté l'appartement tout à fait régulièrement, à la vente aux enchères, il a dû faire une bonne affaire, car il n'y avait pas grand-monde dessus, à ce que m'a dit le gérant. Ah, tant que nous parlons d'appartements à vendre, il m'a appris que le magasin vendait le dépôt au rez-de-chaussée, dont il ne se sert pratiquement pas et qui lui coûte trop en charges. Si vous connaissez quelqu'un que ça peut intéresser, on peut lui dire que c'est moi qui vous en ai parlé.

— Je vais voir, dit André, je paye un loyer faramineux pour un petit bureau avenue Montaigne, et, même si ce n'est pas le quartier pour des affaires comme la mienne, sauf quand je travaille pour des éditeurs, je le contacterai.

— Mais vous achetez et vendez quoi, exactement ?

— Tout. Dans l'import-export, avec une bonne licence, on peut échanger des éléphants contre des sous-vêtements, des machines agricoles ou des bouquins. Il n'y a que les œuvres d'art qui soient soumises à une législation particulière, et bien sûr les armes. Vous voyez, ajouta-t-il, je ne risque pas d'être marchand de tableaux.

— Celui-là doit être beau, une fois restauré, dis-je, qu'allez-vous en faire ?

— Et bien, je l'emporte. Pièce à conviction, car, vu la couche de poussière et l'état du placard, il n'est pas venu là après la mort de la locataire. Ah, et puis, ajouta-t-il en se tournant vers le peintre, je suis désolé, mais il faut que vous quittiez les lieux, mes collaborateurs doivent examiner l'endroit où ce tableau a été découvert. Nous vous préviendrons quand vous pourrez reprendre votre travail.

— Pas de problèmes, dit l'ouvrier, d'ailleurs je n'avais pas l'intention de m'y remettre aujourd'hui, je viens d'avoir un accident du travail, pas vrai ? Le chantier durera un peu plus longtemps, et ça coûtera un peu plus cher au proprio. Et il se mit en devoir de ramasser ses affaires.

Nous quittâmes le commissaire qui nous pria de ne pas trop raconter notre découverte, sans grande conviction, car nous lui semblions tous plus bavards les uns que les autres.

Deux jours plus tard, dans l'après-midi, la poignée de la porte de la salle de bains, qui était vétuste, me resta dans les mains. J'essayai en vain de la réparer avec les outils dont je disposais, et me résolus à appeler mon oncle, qui m'envoya Ahmed, le fils de son voisin qui m'avait déjà fait quelques travaux, et qu'il avait embauché depuis : il était serrurier, et mon oncle, en agrandissant sa boutique, avait ajouté un stand de "clefs minute".

Le jeune homme arriva, et se mit aussitôt à me parler du crime, dont il avait eu quelques échos par la revue "Détective", dont il était un fervent lecteur, et par mon oncle. Étant donné les insultes que lui avait décochées la vieille, il trouvait que "c'était bien fait". J'en convins.

Ayant quelques courses à faire, je le laissai arranger ma porte, en lui demandant de laisser la clef chez la concierge si je n'étais pas revenue quand il repartirait.

Le soir, mon oncle m'appela pour me dire qu'Ahmed venait de se faire agresser par deux types à Belleville. Il avait dû aller à l'hôpital pour se faire faire quelques points de suture à l'arcade sourcilière. Je demandai à mon oncle de lui dire de m'appeler lorsqu'il rentrerait. Le jeune homme me raconta qu'à la fin de la journée, il avait rencontré le peintre avec qui il avait discuté boulot, qu'ils étaient montés au quatrième examiner une fenêtre, et qu'un couple qui avait la clef les avait trouvés dans l'appartement, en se prétendant décorateurs, envoyés par le nouveau propriétaire pour établir un devis. Les laissant à leur travail, ils étaient alors descendus. Ahmed était rentré chez lui par le métro, et, dans une rue déserte, deux types lui étaient tombés dessus.

— Est-ce qu'ils vous ont dit quelque chose ?

— Ils m'ont secoué en me demandant ce que j'avais trouvé, où je l'avais mis, et où était le peintre. J'avais beau leur dire que je ne comprenais rien à leurs histoires, ils m'ont cogné dessus. Heureusement qu'ils ont entendu des gens arriver, ils ont filé.

— Bon sang ! Êtes-vous parti en même temps que le peintre ?

— Nous sommes descendus ensemble, mais il avait une camionnette, on s'est quittés dans la rue.

— Avez-vous porté plainte à la police ?

— À l'hôpital, on m'a fait un constat, j'irai demain. Mais, vous savez, un arbi comme moi qui se fait agresser à Belleville, ils vont tout au plus se contenter de noter et de me dire d'éviter les rues désertes. Si cela se trouve, c'est moi qu'on va accuser de faire du trafic de drogue ou d'autre chose.

— Oh, que non! Ce qu'ils cherchaient, c'est le tableau, le peintre ne vous a pas raconté ?

— Non … ah, si, il m'a dit que l'on avait trouvé un tableau au fond d'un placard à moitié écroulé, c'était une receleuse, la vieille qui habitait là ? »

Je lui résumai l'histoire de notre découverte.

— Téléphonez tout de suite à notre voisin le commissaire", continuai-je, "il doit être chez lui. Sans doute vous demandera-t-il de venir faire votre déclaration demain à son bureau. Vous pourrez vous déplacer ?

— Oui, tout de même. J'ai des bleus partout et un bandeau sur l'œil, mais je peux marcher. Mais enfin, le tableau, vous l'avez remis à la police, non ?

— Cela s'est passé il y a trois jours, les gens qui vous ont attaqué pouvaient ne pas être au courant. Je vous donne son numéro. Mon pauvre Ahmed, je suis désolée de ce qui vous est arrivé.

— Mais, ce n'est pas votre faute, et puis, je fais de la boxe, j'en ai vu d'autres. Dites, faites attention à vous, ça a l'air dangereux d'habiter votre immeuble.

— Oh! Je pars en vacances après-demain.

XXVI.

Nous partîmes enfin pour Londres, en faisant un crochet par Deauville pour participer à un tournoi de bridge de haut niveau. L'adresse d'André - qui était né avec des cartes dans la main, mais avait longtemps joué au bridge sans en connaître les bases exactes, ayant appris en famille, "sur le tas" - et mes capacités d'assimilation nous permirent de remporter un prix dans notre petite catégorie et nous étions euphoriques quand nous posâmes le pied, ou plutôt la roue, car nous étions en voiture, sur le sol anglais.

André possédait une voiture anglaise et était habitué à la conduite à gauche, ce qui n'était pas mon cas et je comprenais les malheureux continentaux qui passaient les carrefours en roulant à deux à l'heure et en regardant de tous côtés. Le simple fait de traverser les rues demandait un certain temps d'adaptation.

J'avais dévalisé l'office du tourisme britannique avant mon départ et arrivais munie de plans de métro, horaires d'ouverture des musées et listes de bonnes adresses, aussi ne perdis-je pas de temps. Nous fîmes une orgie de musées et, lorsqu'André était pris par des obligations professionnelles, je m'enfermais à la British Library. Le soir, nous allions au théâtre, au concert, ou bien nous jouions au bridge.

Un jour, André m'annonça que nous étions invités à dîner par un de ses clients.

— Viens me rejoindre au bureau, me dit-il, il y a d'abord un cocktail pour ceux qui ne peuvent rester tard, et ensuite, nous allons au restaurant, nous serons une quinzaine, et la plupart sont des compatriotes à moi, Égyptiens ou Libanais d'origine, ce sont presque des amis d'enfance."

Je lui dis que s'il voulait me montrer, je ne risquais pas de paraître à mon avantage dans des réunions de ce genre. Quand je voyais autour de moi plus de dix personnes inconnues et avec qui je n'avais rien de commun, je restais toujours à bouder dans mon coin. Il me rétorqua que je trouverais bien dans le groupe une ou deux personnes qui me seraient sympathiques, et que je n'avais qu'à rester à causer avec eux. D'ailleurs, un de ses amis, étant féru comme moi de musique baroque, serait ravi de pouvoir discuter avec quelqu'un qui s'y connaissait un peu, et l'épouse d'un autre était conservatrice du département des antiquités romaines d'un musée, elle avait promis de venir. "Et moi, tu sais bien que je déteste parler boulot en dehors de mes heures de bureau. D'ailleurs, je veux que tu connaisses Fouad et Betty, ils ont des chevaux et nous irons monter chez eux." Je lui promis de faire un effort et partis à la bibliothèque où je passai la journée.

J'arrivai au cocktail, dans une salle pleine de monde, et André me présenta aussitôt les personnes dont il m'avait parlé. Nous nous calâmes dans un coin du buffet, histoire de ne pas nous laisser abattre, et je me détendis un peu. Un peu plus tard, j'étais absorbée dans une conversation sur l'interprétation de Jean-Sébastien Bach avec un Libanais d'un certain âge que son éducation anglaise avait rendu plus british que les vrais, lorsqu'André s'excusa de nous interrompre. "Christian, dit-il à mon interlocuteur, voici Monsieur Beerens, de Bruxelles, dont je t'avais parlé." Le mélomane s'excusa de devoir m'abandonner et se tourna vers son homologue belge pour discuter affaires. André resta avec moi.

— Allons bon !", lui dis-je. "Encore un Belge ?

— Pourquoi, "encore ?" Ah, oui ! Celui de l'appartement. Dis donc, les milieux d'affaires, c'est cosmopolite. Si tu veux du Suisse ou du luxembourgeois, j'en ai à te montrer. Des vrais, et des égypto-syro-libanais naturalisés. Regarde ceux qui sont près de la fenêtre et parlent arabe, le plus jeune a la nationalité canadienne, la dame brune est française, et celui qui a un type oriental accentué est maintenant allemand. Par contre, Beerens est un vrai Belge, comme les deux qui sont à l'autre bout du buffet, et qui causent avec des Anglais, il y en a tout de même quelques-uns dans le tas."

L'heure avançant, "le tas" commençait à prendre congé. Les voitures étaient dans un parking en sous-sol et j'allai attendre André à la sortie, en compagnie de l'amateur de musique baroque qui m'avait rejointe. Les gens sortaient, une voiture anglaise, une française, une monégasque, je m'amusais à les compter, lorsque je vis au volant d'une grosse Mercédès immatriculée en Belgique un homme coiffé d'une casquette de chauffeur dont le visage ne m'était pas inconnu. Je dus le fixer un peu trop attentivement, car il me regarda, l'air surpris, et détourna aussitôt la tête.

Comment pouvais-je connaître ce chauffeur ? Il devait ressembler à un collègue, ou à une connaissance de bridge. Après tout, ce pouvait être un bridgeur, nous étions allés dans un club londonien quelques jours auparavant, et que ferait un collègue sous une casquette de chauffeur, même pour apprendre l'anglais ? Ou bien je l'avais vu dans un magasin … Oh, et puis, les gens peuvent bien avoir des sosies, je n'étais pas extrêmement physionomiste. Je repris ma conversation et nous nous dirigeâmes vers la voiture d'André qui arrivait.

XXVII.

Nous rentrâmes à Paris début août après ce séjour à Londres qui m'avait été très agréable, ç'avait été un grand dépaysement pour moi qui n'avais pas eu l'habitude de voyager jusqu'à présent, et mes investigations en bibliothèque s'étant avérées fructueuses, je rapportais une masse de documents. À Paris, André insista pour que je passe mon permis de conduire. C'était une chose que je n'avais jamais envisagée auparavant, par manque de moyens, et je fis la grimace. Mais mon ami me fit remarquer qu'il n'aimait pas que je rentre seule le soir par le métro quand il n'était pas là pour m'accompagner, et que je passais tout de même une bonne heure dans les transports pour me rendre à mon collège de banlieue. Il possédait une petite voiture plus toute jeune, dont il ne se servait que pour de petits déplacements dans la région parisienne, et qu'il pouvait me laisser. Lorsque je lui objectai qu'on ne pouvait pas garer sa voiture dans mon quartier, il me fit savoir que mes voisins les enseignants, ainsi que le commissaire, l'étudiant et lui-même, laissaient les leurs dans le parking de la place Saint-Sulpice où il suffisait de prendre un abonnement. J'avais donc encore une chose à apprendre: vivre avec une voiture, et de ces outils je ne connaissais guère que celles de François, d'André et d'une collègue, dans lesquelles je casais mon postérieur sans me préoccuper de "comment ça marchait". André eut raison de ma résistance en me disant qu'il pouvait être fatigué ou malade durant un long trajet, ou se casser un bras en tombant de cheval, et qu'il serait utile que je sache au moins déplacer et garer correctement sa voiture. "Et, si cela se trouve", continua-t-il, "dans dix ans, tu t'apercevras que tu en as un besoin absolu, et plus on avance en âge, plus il est difficile d'apprendre, j'en ai eu l'expérience avec ma mère qui ne s'y est mise qu'à cinquante ans, on fait des complexes, on se trouve godiche, et on est plus lent à apprendre." J'en convins, et me préparai à la corvée d'auto-école.

Peu avant le dîner, j'entendis l'écrivain qui rentrait. Je l'invitai à prendre l'apéritif, et il me remercia beaucoup de lui avoir rapporté deux "polars" d'auteurs introuvables en France. Je lui demandai si la maison n'avait pas en mon absence été le théâtre d'un nouvel événement, et il me raconta que l'appartement de la défunte avait été très convoité, le gérant ayant reçu des offres d'acheteurs potentiels, qui avaient semblé très déçus lorsqu'il leur avait objecté qu'il était déjà vendu, et à qui il s'était empressé de proposer autre chose dans le quartier. Le Belge, qui avait eu la chance d'apprendre qu'il était mis en vente dès le premier jour, avait sauté dessus. Les peintres avaient à peu près terminé leur travail là-haut. "Vous êtes partis au bon moment, vous avez échappé aux bruits de perceuse et aux allées et venues", me fit-il remarquer. Il avait également croisé un couple qui sortait de l'appartement dont ils avaient la clef, leur avait demandé s'ils étaient les futurs locataires, et s'était entendu répondre qu'ils n'étaient que les décorateurs, sans doute ceux qu'Ahmed et le peintre avaient rencontrés. Ayant complètement oublié - ou nous en moquant - que le commissaire nous avait recommandé le secret, nous lui racontâmes l'histoire de la découverte du tableau. Il nous répondit qu'il était au courant, par le peintre qui en avait également avisé le Belge.

— Il paraît qu'il était furieux", continua-t-il. "Décidément, il faut absolument que nous ayons un voisin grognon.

— On peut espérer que lui ne fera pas tourner les tables et ne nous insultera pas dans l'escalier.

— Eh! Qui sait ?" fit remarquer André. "J'ai bien eu un client américain, un homme très pragmatique, très "boulot-boulot", qui n'entreprenait jamais une affaire importante sans consulter sa voyante ou son gourou.

— Tu ne m'apprends rien", lui rétorquai-je, "demande à Anne le nombre d'hommes politiques pourvus de hautes fonctions à qui elle a dressé leur thème astrologique, et qui se livrent à des pratiques occultes en période d'élections.

— Non ? C'est une blague ou quoi ?" s'exclama l'écrivain.

— Pas du tout", répondis-je, "le fait est authentique.

— Dans quel monde vivons-nous ! C'est vrai qu'Hitler était entouré de mages et autres guérisseurs. Oh ! Mais il faudrait que vous ou votre amie me tuyautiez à ce sujet, je pourrai en tirer un bon roman.

— À votre service. Mais, ce futur voisin, l'avez-vous rencontré ?

— Une ou deux fois. Un gros type à lunettes, qui d'après les peintres est plutôt tatillon, ils en avaient assez de l'avoir sur le dos. Surtout pour un appartement dont, si j'ai bien compris, il ne veut faire qu'un pied-à-terre, il habite la Belgique.

— Ça promet, si c'est un casse-pieds. Espérons qu'il ne sera pas souvent là, comme l'américain du premier que je n'ai vu que deux ou trois fois depuis presque un an que j'habite ici.

— Curieux, tout de même, que l'on tombe sur un Belge. La vieille l'était ? Ah, non, hollandaise", dit André.

— Pas exactement", rectifiai-je, "elle avait habité en Hollande et était venue en France après la guerre, mais elle était ou apatride ou d'une quelconque nationalité d'Europe centrale.

— Ça, c'est drôle !" reprit l'écrivain, "les décorateurs avaient un accent allemand ou hollandais. Et je n'en ai pas parlé au commissaire ! J'attendrai qu'il revienne de vacances, ce peut être une simple coïncidence.

— Je trouve qu'il y a beaucoup de coïncidences dans ces histoires. Continuez-vous à tout noter ?

— C'est mon habitude, je note tout ce que je vois et que j'entends. Vous allez me dire, sauf les bruits des voitures.

— Mon pauvre ! Vous n'avez pas eu de séquelles de cet accident?

—De grosses migraines pendant quelques jours, c'est fini maintenant. Heureusement que mon copain avait la clef, il a pu m'apporter des affaires à l'hôpital et s'occuper de mon courrier, j'avais des travaux urgents. Pour en revenir à notre histoire, c'est vrai qu'on se balade entre la Belgique et la Hollande. Sauf la voiture qui m'a renversé qui était française, un témoin a pu relever le numéro. Il s'est avéré que c'était une voiture volée.

— C'est la preuve qu'on vous a vraiment visé, pour s'introduire dans votre appartement le soir du crime. A-t-on fouillé, vous a-t-on pris quelque chose ?

— Non, on a seulement bu de la bière, fumé quelques cigarettes et lavé les verres et les cendriers.

— Quelle courtoisie, pour des assassins !" intervint André. "Je blague, ils ne voulaient pas laisser de traces de leur passage ou d'empreintes, et ils ont voulu trop bien faire. Tiens, écoutez ! Qui descend l'escalier ?"

Nous entendîmes les pas de deux personnes qui venaient du quatrième.

— Les décorateurs, sûrement », dit mon voisin. "Eux, ils attendent que les peintres soient partis pour venir, ils ne veulent sans doute pas les ennuyer. En tous cas, je ne sais pas ce qu'ils font dans l'appartement, mais ils ne semblent pas bruyants. Peut-être préparent-ils pour l'instant un devis, et le pire reste à venir, re-travaux, et aménagement. En plus de ce qu'il va y avoir chez moi.

— Vous allez faire des travaux ?

— Oh! Rien de très important. J'ai un chauffe-eau antédiluvien qui menace de me tomber sur la tête, je me suis arrangé avec le peintre qui s'y connaît et va me réparer ça au noir, quand il en aura fini avec l'appartement du quatrième.

— Ah, oui?", dit André. "Je retiens le tuyau, c'est le cas de le dire. Si j'achète le dépôt du magasin en bas, il y aura sûrement quelques aménagements à y faire.

— Tu y penses, alors ?

— Tu sais ce que je paye avenue Montaigne, c'est trop. J'ai vu votre gérant, ce n'est pas excessivement cher et il sera vite amorti. Tiens, un détail amusant : il a appartenu à la vieille qui l'a vendu au magasin il y a deux ans, je tiens le détail du gérant.

— Décidément... alors, on l'a cambriolé pour chercher un tableau. Mais qui l'habitait auparavant ?

— Elle le louait à une dame âgée, qui est partie en maison de retraite, je crois.

— La pauvre concierge, quand elle va entrer et va apprendre que les travaux continuent ! Pour peu qu'un autre locataire veuille faire refaire les peintures, elle va rendre son tablier. Et il faudra un double des clefs pour ta secrétaire, elle va encore s'angoisser. Ça y est, dis-je à mon voisin, je vous ai trouvé un titre pour votre prochain roman: "Les angoisses de Madame Pipelet". Une histoire de clefs qui disparaissent et réapparaissent, une voyante, un homme d'affaires américain plus ou moins membre de la mafia, et un homme politique véreux, agitez le tout...

— Plus un Chinois", ajouta mon voisin.

— Pourquoi ? À cause du restaurant d'à côté ? Non, ce sont des Vietnamiens !

— Mais non. Quand une histoire tourne en rond et que vous êtes obligé de mettre un trésor enfoui dans la cave ou un passage secret, introduisez un Chinois dans le roman. Lui, il peut connaître l'emplacement du trésor ou avoir donné asile à des conspirateurs sans que le lecteur s'en étonne.

— Un nouveau Dashiell Hammett ?

— Pas besoin d'aller à San Francisco. Faites habiter l'un de vos personnages Porte de Choisy, il ne pourra pas ne pas avoir au moins un voisin asiatique.

— C'est juste! Seriez-vous un client des supermarchés asiatiques de ce quartier ?"

La conversation roula ensuite sur la cuisine exotique et les adresses de bons restaurants, sujet inépuisable pour des Français.

XXVIII.

Nous partîmes le samedi chercher mon chat qu'Anne avait laissé ainsi que les deux siens à ses parents qui habitaient en banlieue. Leur pavillon était une véritable pension pour la gent féline. Socrate, qui, après quelques coups de griffes au début, s'était fort bien entendu avec ses congénères, me fit la tête quand il me vit arriver avec son panier et brailla tout le long du chemin. Une fois chez moi, pardon, chez lui - il importe de signaler que c'est toujours l'humain qui habite chez le chat, et non le contraire - il se précipita vers le réfrigérateur, et une fois son dîner pris, gagna son fauteuil où, cinq minutes plus tard, il ronronnait comme un moteur de bombardier B 52.

André prit beaucoup de gants pour m'expliquer qu'il désirait retourner à Marseille pour le 15 août. En effet, son fils, qui entrait en terminale C, avait l'intention après son bac de "faire Maths Sup' " et de passer un concours d'entrée dans une grande école. L'adolescent avait d'excellents résultats dans son bahut, mais le niveau de celui-ci était bas et il pouvait se permettre de tenir la tête de sa classe sans faire de grands efforts, ne se rendant absolument pas compte du travail qu'il aurait à fournir en "prépa". André, ancien élève des Jésuites, avait gardé suffisamment de relations pour pouvoir l'inscrire dans un bon établissement. Il pourrait y être interne ou habiter dans un foyer.

— Tu as raison, s'il est dans un établissement où ses copains considèrent qu'avoir son bac est une grande réussite professionnelle, alors qu'il correspond de nos jours à ce qu'était le certificat d'études en 1935... Si je comprends bien, il te faut le convaincre, ou convaincre ton ex-femme.

— Oh ! Elle, pas de problèmes, elle s'en rend bien compte, son mari a un fils plus âgé qui a eu ce genre de problèmes. Par contre, le gamin...

— Ne veut pas quitter ses copains, comme tous ceux de son âge.

— Je t'en ai parlé ?

— Non, mais j'ai l'habitude. Ces jeunes choisissent pour seconde langue la même que la plus jolie fille de la classe, ou le plus beau garçon, et, quand ils s'inscrivent à une activité sportive, c'est autant parce que leur meilleur copain y est que parce que ça les intéresse. Moi-même, j'ai été soulagée d'apprendre que le délai pour le dépôt des dossiers en hypokhâgne était passé, et je me suis inscrite en fac comme Anne. Cela m'a valu un Jean-Michel.

— N'exagère pas, si ce n'avait pas été lui, ç'aurait été un autre et tu aurais peut-être eu les mêmes problèmes.

— Juste. Mais, pour ton fils, il faut absolument que tu insistes, il se fera d'autres amis ici.

— Et qui ne se moqueront pas de lui quand il leur dira qu'il fait partie de l'aumônerie du lycée.

— Il est dans ce genre de boîte ? Et la liberté de pensée, qu'est-ce qu'ils en font ? Remarque, c'est quelque chose de courant: pour le français moyen, il est de bon ton de se moquer des curés et des institutions. Celui qui a un père flic ou un tonton curé se la boucle pour pouvoir "être admis dans la bande. Au contraire, celui qui est musulman ou bouddhiste, il ne faut pas le charrier, on ne veut pas passer pour quelqu'un de raciste.

— Oh, je connais, même si je suis français depuis moins longtemps que toi. Au lycée, on se moquait de moi dans les petites classes parce que, quand on me demandait mes origines, je me disais "chrétien oriental", qu'on ne doit pas parler de sa religion en France, et que chaque pays a sa manière de considérer les institutions. En France, on les rend responsables de tous les ennuis qu'on peut avoir. Il y a des gens qui votent pour l'opposition parce que leur gamin vient de louper son bac, et que c'est forcément "la faute à l'Éducation nationale", ou parce qu'ils viennent de recevoir leur feuille d'impôt. Je te dis tout de suite, ce n'est pas mon cas. Pour ce qui est de mon fils, je veux seulement qu'il se décide à bosser davantage, et il a besoin d'émulation. Aller à Paris, ça le tente et ça lui fait peur à la fois. Alors, il faut que j'y aille.

— Pour le choix d'une future prépa, même si rien ne presse, je vais tâcher de demander des tuyaux aux voisins du dessous, ils sont à Henri IV.

— Ah, oui, tiens. Alors, je peux partir sans t'angoisser ?

— J'ai Socrate pour me tenir compagnie, répondis-je en montrant le matou qui dormait paisiblement en se désintéressant tout à fait de la conversation. Les "deux-pattes" ont toujours des tas de problèmes.

XXIX.

J'eus l'impression que ce mois d'août était interminable. Était-ce l'absence d'André, ou le fait qu'il ne se passait plus rien dans la maison ? Même ma concierge semblait ne plus trouver de sujets de conversation. Un crime, ça occupe. En plus, la télévision ne passait que des films sans intérêt, vus et revus. Heureusement que j'avais le bridge, où je trouvais de nouveaux partenaires, gens de passage ou clients d'autres clubs fermés en août, et je travaillais toujours à ma thèse.

Un soir, rentrant de la bibliothèque, je rencontrai au café de nos voisins l'écrivain qui discutait avec son ami journaliste, et ils me proposèrent de me joindre à eux. Monsieur Boulard était tout content, son histoire de sarbacane de l'Amazonie empoisonnée et de souterrain connu du voisin chinois venait de sortir, et son éditeur était satisfait des premières ventes. Les périodes de vacances étaient bonnes pour les romans policiers, qu'on lit dans le train ou sur la plage. Il s'accordait un break, à part quelques traductions, avant de commencer un nouveau roman. Allait-il se servir des événements de la maison ? Peut-être pas tout de suite, mais il en était à dresser la liste des locataires, assortie de commentaires personnels. La vieille, avec ses manières peu amènes et ses élucubrations ésotériques, était un bon personnage caricatural. Il y avait un commissaire, un Américain que l'on ne voyait jamais, une pipelette dans la bonne tradition française, un étudiant fils de famille qui menait la grande vie...

— Tiens ? Comment savez-vous cela ?" lui demandai-je.

— Il a une voiture de sport, où il entasse toujours plein de petites nanas, et sa famille est assez à l'aise, j'ai vaguement connu son grand-père. Il sort beaucoup, tu l'as rencontré, je crois ?" dit-il à son ami.

— Oui, je ne sais plus exactement où, une discothèque à la mode, ou un café-théâtre. Oh ! Excusez-moi," ajouta-t-il en se levant brusquement. Et le journaliste, autant dans la lune que ce cher Boulard, nous quitta en se souvenant qu'il avait garé sa voiture sur un emplacement interdit.

Mon voisin me proposa de dîner avec lui au chinois du coin, où il en profita pour me demander des renseignements sur l'ésotérisme, les milieux des astrologues, gourous et autres voyantes, et prit des notes. Entre deux histoires de tourneurs de table, il m'apprit qu'il avait de nouveau rencontré les décorateurs, qui étaient venus chargés de matériel, et étaient restés toute la journée. D'après la concierge, le Belge devait venir à la fin du mois.

— Alors, et vos notes sur les événements de la maison ? Pensez-vous en faire quelque chose ?

— Pas avant que l'enquête ne soit terminée. Je risquerais de confondre la réalité avec ce qui sortirait de mon imagination, et nous ne connaissons pas tous les détails de l'enquête. Quand je pars d'un fait réel, il faut que j'en connaisse tous les tenants et les aboutissants pour pouvoir broder dessus. Notre commissaire, ou un ami que j'ai à la D.S.T., le savent bien, qui me racontent volontiers une affaire quand elle est terminée, les résultats officiels, bien sûr, en m'évitant ainsi d'avoir à consulter tout ce que la presse a publié sur ce sujet. Après, j'ai tous les éléments pour transposer l'histoire du mari cocu qui a tué sa femme en histoire d'espionnage.

— Avec l'indispensable chinois.

— Ça vous a plu, la recette du chinois dans le roman ? Et puis, dans notre immeuble, nous avons une vieille dame un peu folle, originaire d'Europe centrale, ayant vécu en Hollande, qui fréquentait les voyantes, et a trempé volontairement ou involontairement dans une affaire de trafic de tableaux. Il y a le locataire américain. L'amie du commissaire, vu son nom, doit être d'origine vaguement italienne. Ensuite, arrivée d'un

Belge et des décorateurs qui sont allemands ou hollandais, plus la remplaçante de la concierge qui est portugaise. Qui sait si nous n'allons pas voir débarquer un visiteur brésilien, ou un touriste suédois ?

— Ajoutez le jeune employé de mon oncle, celui qui s'est fait attaquer, qui est marocain, et mon ami, qui est d'origine égypto-libanaise.

— Pourquoi les deux ?

— Il est né en Égypte, mais sa famille est venue du Liban à la suite des massacres de 1860. Il y a toujours un frère, et des cousins.

— Excellent, dans un roman ! Vous ne m'en voudrez pas si je lui donne le rôle du trafiquant d'armes ?

— Eh ! Qui sait s'il ne l'est pas ! il est dans l'import-export et achète et vend aussi bien des montres suisses que des parapluies made in Hong-kong ou des bœufs argentins."

Les oreilles d'André devaient lui siffler.

— Excellent, excellent ! Des kalachnikovs étiquetées "pièces détachées pour tracteurs" venant d'Union soviétique. Ah, non, zut, le régime a changé, il faut trouver autre chose.

— Oh ! Vous croyez que la chute du mur de Berlin a supprimé d'un coup tous les réseaux d'espionnage ?

— Ma chère, la vérité n'est jamais crédible quand elle est écrite. Essayez donc de transcrire tout ce que vous avez fait lors d'une journée un peu chargée, celui qui vous lira vous dira que l'on ne peut faire tout cela en vingt-quatre heures, même moins, puisqu'il faut bien prendre le temps de dormir. Surtout dans le cas de romans policiers comme les miens, qui s'adressent à un large public qui veut de l'action, de l'exotisme et du sexe. Et il faut que l'histoire colle avec la situation politique : la guerre froide étant officiellement finie, on ne peut plus mettre un espion russe.

— C'est juste, je connais les problèmes des historiens, qui cherchent à transcrire les faits dans l'ordre, d'une façon objective.

— L'objectivité est quasi impossible à respecter totalement, même dans le cas d'un chercheur.

— J'en sais quelque chose, avec les traductions. Elles ne peuvent être intégralement fidèles.

— Alors, ne nous étonnons pas si les journalistes, qui recueillent de petits bouts de faits, les arrangent, et éventuellement les romancent pour les mettre au goût de leur public. Ils interviewent une actrice de cinéma : elle leur dit qu'elle collectionne les timbres, qu'elle joue aux échecs, déteste faire la cuisine, et que son auteur favori est Tchekhov. Trop intellectuel pour les lecteurs de "France-Dimanche", alors ils la prennent en photo sur un cheval blanc et racontent qu'elle fait des galopades tous les matins dans la campagne, s'occupe de son jardin et lit des romans d'espionnage. Dans une revue s'adressant aux dames de la bonne société, on racontera qu'elle n'achète jamais une robe sans prendre conseil d'un couturier célèbre, à côté de qui elle s'est trouvée par hasard au cours d'un dîner, et avec qui on l'a prise en photo. On écrit en fonction de sa clientèle de lecteurs. Vous, vous faites une thèse, vous devez observer certaines normes, je dirais même certains tics, et vous rédigeriez tout à fait autrement s'il s'agissait d'un article de vulgarisation.

— Oh, j'ai eu ce problème, mon collège publie un bulletin où j'écris quelquefois, et vous imaginez la difficulté d'expliquer en deux colonnes ce que sont les "Carmina Burana", œuvre du douzième siècle en latin et en vieil allemand, dans une revue lue par des enfants et leurs parents, qui risquent de n'y voir que des histoires de moines paillards et de nonnes coquines.

— Je comprends : cet ouvrage leur semblera une attaque contre l'Église, alors qu'au Moyen-âge, celle-ci étant omniprésente, il était aussi banal de prendre un moine pour personnage que de nos jours un flic ou un boulanger, gens que nous rencontrons tous les jours.

— On peut l'expliquer de cette manière.

— Mais, pour en revenir à "notre crime" : en relisant mes notes sur les événements de la maison, je trouvais qu'il y avait trop de coïncidences. Cependant, pour les inspecteurs, même mon accident peut en être une.

— Voyons ! Ça ne tient pas debout. On s'est introduit chez vous la nuit du crime.

— J'ai dit « peut » en être une. Mais, si, comme ils en sont quasi sûrs, mon accident a été provoqué, nous sommes en présence de gens qui n'hésitent pas à tuer, je m'en suis sorti avec des écorchures et un léger traumatisme crânien, mais ç'aurait pu être pire. Et le jeune que l'on a attaqué ? On cherchait à récupérer le ou les tableaux à tout prix.

— C'est vrai, vous me faites peur. Évidemment, quand il s'agit de tableaux d'une aussi grande valeur, des trafiquants doivent être prêts à tout. Ils ont volé le Vermeer de mon prédécesseur et celui du grand-père de l'étudiant, sans compter celui ou ceux qui pouvaient être dissimulés chez leur victime, celui que nous avons trouvé n'était peut-être pas le seul. Il y a beaucoup de chances pour que tout ceci soit le fait des mêmes personnes. À moins qu'il n'y ait deux groupes rivaux.

— Ou que, parmi ces tableaux, il y ait des vrais et des faux.

— Ça, c'est sûr. Vermeer n'en a pas peint plus d'une quarantaine, il n'y en a sûrement qu'un de bon dans le lot.

— Exactement. Les deux premiers s'étant révélés faux, ils ont continué à chercher. En tous cas, ils étaient bien renseignés, car, chez le vieux monsieur qui occupait votre appartement, rien d'autre n'avait été pris, tout comme dans le camion de déménagement du grand-père.

— Alors, l'histoire est loin d'être terminée. Il faut que nous soyons prudents.

— Le commissaire est rentré de vacances. Si nous apprenons quelque chose, il faut aussitôt le prévenir."

En rentrant, nous croisâmes justement le commissaire qui se dirigeait vers le parking, l'air de mauvaise humeur. Je lui demandai s'il n'y avait pas de nouveau problème dans la maison, et il me rassura en m'apprenant qu'il s'agissait seulement d'un copain qui lui avait emprunté des affaires de sport. N'arrivant pas à le joindre, il partait le voir chez lui. "Avec la journée que j'ai eue, qu'est-ce que ça me dit de prendre le périphérique et l'autoroute du sud, par la faute de cet abruti ! Ne prêtez pas vos affaires, après, pour les récupérer..." Nous lui souhaitâmes tout de même bonne route.

XXX.

André rentra, tout content, car son fiston s'était finalement rendu à ses arguments et devait arriver au début de septembre. Il n'avait mis qu'une seule condition : pouvoir continuer à jouer au tennis. Son père l'avait assuré que ce n'était pas les clubs qui manquaient, et que d'ailleurs l'établissement où il l'envoyait avait une association sportive qui fonctionnait bien. Dans la foulée, je lui annonçai que j'avais commencé les leçons d'auto-école. Il poussa un ouf! de soulagement et me recommanda seulement de prendre garde à ne pas écraser mon distrait de voisin, et nous filâmes jouer au bridge, pas assez vite pour ne pas être agrafés par la concierge qui était furieuse après les décorateurs. Le Belge lui ayant téléphoné pour lui demander de faire le ménage dans l'appartement avant que ses meubles n'arrivent, elle avait trouvé le papier arraché dans le coin du placard, des lames de parquet avaient été déplacées et mal remises en place, bref le travail des peintres était à recommencer à cet endroit. "Et ça se dit décorateur ! Tout juste bons à salir, ces gens-là !"

André et moi, nous nous regardâmes, inquiets. Ces "décorateurs" étaient donc passés derrière nous. Était-ce eux qui avaient envoyé des comparses attaquer Ahmed ? Alors, ils étaient au courant de notre découverte du tableau...

À tout hasard, nous montâmes chez le commissaire qui était chez lui.

— Pourquoi auraient-ils été au courant ?" nous apprit ce dernier. "Le propriétaire sait seulement que la précédente locataire a été assassinée chez elle, à moins que le gérant... Mais non, il ne le sait pas non plus, à moins que vous ne le lui ayez raconté."

Je l'assurai que je n'avais pas eu de conversation avec le gérant depuis cette découverte, et que le seul à être au courant était notre voisin.

— Lui qui est bavard, bravo !", reprit le commissaire, "je vous avais pourtant recommandé de tenir votre langue. Vous les avez vus, ces décorateurs ?

— Nous, non. Seulement le peintre, Ahmed et l'écrivain.

— Aïe ! Boulard aussi les a vus, et il est au courant de l'histoire du tableau ! S'il lui arrive quelque chose à lui aussi, vous pourrez vous le reprocher ! En tous cas, il va falloir que je le convoque, et la concierge aussi, pour avoir leur description. Je vais monter lui parler, au moins pour lui recommander d'être prudent.

— Oh, attendez ! Non, ce n'est pas nous qui le lui avons appris, c'est le peintre, qui l'a également dit au propriétaire, quand il est venu et a vu que les travaux n'avaient pas avancé. La concierge doit le savoir aussi.

— Alors, on remet ça, il faut que je convoque tout le monde. La concierge aussi a sûrement rencontré les décorateurs, au sujet desquels je vais appeler le nouveau propriétaire. Décidément, la peinture mène loin. Je commence à croire que c'est un placement plus rentable que l'immobilier.

— Par les temps qui courent, sans aucun doute", dit André. "Il faut tout de même avoir de quoi, j'y avais songé à une époque où j'avais un peu d'argent à placer, mais y ai renoncé à cause des primes d'assurance qui sont astronomiques.

— Alors, dites donc, les musées comme le Louvre...

— Ouille ! Ils ont intérêt à avoir des systèmes de sécurité inviolables. Remarquez, on ne peut pas voler la Joconde ou le diamant "Le Régent" pour le profit, c'est impossible à revendre. Quand il y a vol d'un chef-d'œuvre mondialement connu, c'est un collectionneur richissime et excentrique qui est tombé amoureux du tableau et veut absolument l'avoir sous les yeux, dans un endroit où il est le seul à pouvoir pénétrer. Des histoires pour l'écrivain.

— Bref, ce n'est pas pour les économies d'un petit fonctionnaire, dit en riant le commissaire. Je me suis contenté de mettre dans ma cuisine une reproduction de Vermeer que mon amie a découpée dans une revue, une servante avec un broc de lait. On en a fait une publicité pour des yaourts. Au moins, je sais à quoi les tableaux de ce peintre ressemblent.

— Au fait, je suis indiscrète, avez-vous pu récupérer vos affaires de sport ?

— Eh, non, cet abruti n'était pas chez lui, je n'allais pas me livrer à une tentative d'effraction moi aussi. C'est le gars que vous avez rencontré avec moi, à la maison et... vous ne l'avez pas rencontré au club, par hasard ? Vous savez, celui de Nogent où vous participiez à un tournoi de bridge ?

— Je n'y suis venue que pour ce tournoi, organisé par la municipalité qui avait loué la salle pour la circonstance. Il n'y a pas d'activités bridgesques dans ce club en temps normal.

— Et voilà ! Je peux faire mon deuil de mon matériel d'alpinisme, c'est gai ! En plus, c'est un copain, je me demande ce qui a pu lui arriver. Enfin ! Il va bien, le chat ?

— Le principal témoin est toujours en bonne santé, merci.

— Le quoi ?

Je lui expliquai, et il me raconta que dans la banlieue de Los Angeles, des habitants d'une zone pavillonnaire avaient pu échapper à un séisme parce qu'ils étaient partis à la recherche de leurs chats qui s'étaient tous sauvés. Je lui expliquai qu'au Moyen-âge, on attribuait aux chats des pouvoirs sataniques, car ils ressentaient beaucoup de choses, voyant dans l'obscurité, prévoyant la pluie et sachant s'orienter sur des distances très longues, entre autres, et effectivement, pouvant ressentir l'approche de secousses sismiques.

— Alors, le minet serait-il capable d'identifier les coupables qu'il a entendus à travers les murs ?

— Il est trop jeune pour témoigner."

Socrate devait ronfler sur son fauteuil ou sur le lit, rêvant de souris ou d'un réfrigérateur bien garni s'ouvrant tout seul, bien loin de nos préoccupations policières.

XXXI.

Quelques jours plus tard, j'appris par la concierge que les meubles du nouveau locataire devaient arriver le lendemain. Peu soucieuse d'être dérangée par des allées et venues, je passai la journée à la bibliothèque et la soirée au bridge avec André. Celui-ci m'apprit qu'il avait finalement acheté le dépôt du magasin — nous l'avions visité récemment —, l'affaire s'était traitée très vite, et je lui demandai s'il ne voulait pas s'installer pour de bon chez moi, où il était le plus souvent. Il attendait seulement que je le lui demande, car il se doutait bien que je ne souhaiterais pas déménager chez lui, trop attachée que j'étais à ce quartier. Il n'avait qu'à louer meublé son propre appartement, beaucoup d'hommes d'affaires de passage ou de diplomates seraient preneurs.

— Le problème, c'est pour loger ton fils les week-ends, ce n'est pas drôle pour lui de rester à l'internat.

— Non, il habitera dans un foyer que je connais, tout près d'ici. Comme il n'a que dix-sept ans, il faudra mon autorisation pour sortir le soir, mais je lui fais suffisamment confiance, du moment qu'il travaille. Dans un an, il sera majeur, il pourra aller et venir comme il voudra. Au pire, il pourra toujours coucher dans le bureau, je mettrai un lit dans la chambre du fond, je n'ai besoin que d'une pièce. Ça me retire une épine du pied, le lycée privé et le foyer du fils me coûtent cher. Les gens qui n'ont pas de moyens ont du mérite quand ils font des études supérieures.

— Dans le domaine littéraire, ou des sciences humaines en général, ils font comme moi, ils se mettent maître auxiliaire ou pion, ou travaillent à mi-temps, ou font leurs études par correspondance, il existe un centre d'état, où l'on peut suivre toutes les formations existantes. Bien sûr, il y a des études qui exigent beaucoup plus de présence, dans le domaine scientifique, on ne peut pas se passer des travaux pratiques ou des expériences, là, il faut avoir de quoi vivre. Mais, si l'on a une vocation d'enseignant ou de chercheur en sciences humaines, on peut étudier plus ou moins seul, pouvoir être entretenu par sa famille permet seulement de gagner du temps, on arrive toujours à ce que l'on veut.

— Avec toi, c'est toujours facile, on dirait. Qu'est-ce qu'ils doivent prendre, tes élèves !

— Détrompe-toi, ils trouvent qu'avec moi, ils ont beaucoup de travail, mais ils se rendent compte qu'ils progressent. Tu sais, un reproche que l'on entend souvent faire à un professeur, c'est "il, ou elle, n'est pas assez sévère". Ils aiment être encadrés dans leur travail, et "qu'il n'y ait pas de bordel".

— Il est vrai que, de notre temps, la discipline était assez contraignante et que nous n'avions pas besoin de réclamer cela. En plus, j'étais dans un collège très sélectif. On verra comment mon fiston réagira.

— En attendant, ne t'assieds pas ici.

— Pourquoi ? Il y a quelque chose sur le fauteuil ?

— Tu ne vois pas que tu es sur le fauteuil de Socrate ? Si tu veux bien habiter avec moi, ne commence pas par déranger le chat dans ses habitudes.

— Bon, on virera l'autre fauteuil, et j'apporterai un canapé de chez moi, afin que nous puissions nous installer tous les deux sans offenser Sa Majesté féline. Qu'est-ce qu'on fait demain ?

— Demain, c'est dimanche, on va voir mon oncle. C'est l'anniversaire de notre fameux tiercé, nous nous sommes juré que ce serait sacré désormais.

Nous rencontrâmes mon oncle au P.M.U. de son quartier. Après le traditionnel apéritif pendant l'étude du "papier", nous allâmes faire valider nos tickets, et décidâmes d'aller déjeuner d'un couscous chez le père d'Ahmed qui tenait le restaurant voisin. Mon oncle apprit d'André que la cuisine de son pays n'avait rien de commun avec celle du Maghreb, et nous fîmes le projet de l'emmener dans un restaurant libanais.

J'avais raconté les histoires de la maison à mon oncle, sans trop insister pour ne pas l'inquiéter, mais, après l'agression d'Ahmed, il m'avait bien recommandé de ne pas trop sortir seule. Lorsqu'il avait appris que la vieille qui ennuyait toute la maison s'était fait assassiner, il avait dit seulement "Bien fait pour elle ! » Il avait déduit de mes commentaires qu'elle n'était qu'une vieille avare. Ahmed vint nous voir, et je sursautai en le voyant avec un œil au beurre noir.

— Ce n'est rien, m'assura-t-il, c'est en faisant de la boxe.

— Il se fait casser la gueule dans la rue, intervint son père, et deux jours après il retourne à la salle de boxe. Y'en a qui aiment les coups..."

Les journaux leur ayant seulement appris qu'il y avait dans l'affaire une histoire de tableaux volés, je racontai l'histoire de la collection reprise à Goering et du faussaire, et le père Moktar, qui était lui aussi friand de faits divers et n'avait d'oreilles que pour nous, vint nous rejoindre en nous portant des verres de thé. La conversation roula sur crimes, escroqueries et espionnage, la vieille devenant tour à tour ancien agent du Führer, espionne russe, escroc international ou membre du "milieu" victime de la guerre des gangs. Je profitai de la présence d'Ahmed pour lui demander un double des clefs de ce qui serait le bureau d'André, ainsi que de celle de la porte d'entrée, le code pouvant toujours tomber en panne ou être changé sans crier gare par la concierge. Le jeune homme nous proposa de les faire tout de suite. "Sauf pour celle de la porte, ce sont des clefs spéciales, il faut vous adresser à votre gérant. Si je m'en occupe, il faut que je la commande et on est au mois d'août, ça risque de prendre du temps."

Je le remerciai et une idée me traversa l'esprit. Quand on ouvrait la porte en utilisant le code, le mécanisme faisait un bruit infernal que l'on entendait depuis la loge de la concierge, j'avais pu m'en rendre compte un jour que je m'y trouvais. Par contre, l'action de la clef ne provoquait qu'un petit "clic", et l'on pouvait entrer sans être remarqué par notre cerbère. Les cambrioleurs et les assassins devaient en avoir une. Et, si donc on ne pouvait reproduire celle-ci n'importe où et immédiatement, l'hypothèse émise par le commissaire de la clef "empruntée" dans un vestiaire et remise en place ne tenait pas. Il y avait un complice dans la maison, ou un intime de l'un des locataires. Je pensai à l'écrivain qui, au courant des allées et venues de ses voisins, pouvait très bien être le coupable, et aurait monté l'histoire de l'effraction chez lui pour ne pas être soupçonné. Son accident de voiture pouvait très bien être le fait d'un quelconque chauffard, pas du tout prévu au programme. Je m'en voulus de lui avoir peut-être appris trop de choses. Il fallait en parler au commissaire... mais, après tout, ce brave fonctionnaire ne pouvait-il pas être un "ripou" ? Plus l'américain, plus l'étudiant ou un de ses amis... ou même les profs ou les patrons de bistrot, à qui se fier ?

Mon oncle me pria de redescendre sur Terre et je repris la conversation, attendant d'être seule avec André pour discuter de tout cela. Nous assistâmes à la retransmission du tiercé sur la télévision du restaurant. Mon oncle gagnait, mais le résultat — trois favoris à l'arrivée — allait être bien inférieur à celui de l'an passé. Il dut quand même payer la tournée, il faut être un joueur correct.

Revenant avec André, je lui fis part de mes réflexions. Il était clair que les "décorateurs" étaient dans le coup, et que nous ne les reverrions pas dans la maison. André avait du mal à soupçonner l'écrivain. Par contre, le commissaire ne lui semblait pas "blanc-bleu". Il est vrai qu'il avait de mauvais souvenirs des services de police, car, lorsqu'il était venu d'Alexandrie avec ses parents, ceux-ci avaient eu affaire à toutes sortes de tracasseries administratives, enquêtes de police sur eux-mêmes et sur la provenance de leur argent, et avaient dû attendre longtemps pour avoir la nationalité française, alors que les Orientaux francophones se considèrent comme plus français que les vrais, surtout ceux qui avaient fait leurs études dans des établissements religieux français. Ces retards lui avaient interdit de se présenter au concours général, et, lorsqu'il avait passé son bac, il n'avait pour tout papier d'identité qu'une carte de séjour périmée, et peu s'en était fallu qu'on lui refusât la participation à l'examen, alors qu'il était l'un des meilleurs élèves de sa classe. Il en avait gardé une grande défiance à l'égard des institutions en général.

Rentrant dans l'immeuble, nous remarquâmes que la concierge avait mis sur le tableau des locataires le nom du Belge. André sursauta :

— Ça alors ! "Beerens" ! Mais je le connais, tu l'as vu aussi à Londres, tu te souviens ?

— Du nom, oui ! Dans quel domaine travaille-t-il ?

— Comme moi, mais sur une bien plus grande échelle, il est richissime. Écurie de courses à Chantilly — eh, toi qui es turfiste, tu dois connaître —, client assidu de Christie's ou Sotheby's, maison à Cannes, yacht, et j'en passe. Il aurait de quoi s'acheter un appartement bien plus cher que celui-là. Ou alors, on ne le verra qu'une fois par an.

— Ou c'est une garçonnière discrète, comme cela semble être le cas pour l'américain.

— Possible aussi. En tous cas, ça me gêne un peu d'avoir mon bureau en bas de chez lui. Et, si c'est une garçonnière, c'est lui que ça va gêner. En affaires, je n'ai jamais eu de problèmes avec lui, mais il est toujours à insister un peu trop sur la transparence, ce qui fait qu'on se pose des questions.

Bien sûr, dès que quelqu'un a beaucoup d'argent, on le suspecte toujours de traficoter.

— Tu peux bavarder avec lui ?

— Uniquement de travail, il n'est pas causant.

— Alors, ça va être comique avec le commissaire.

— Sûr, il va le prendre de haut, s'amener en voiture avec chauffeur, prétexter qu'un important rendez-vous l'attend, et glisser dans la conversation qu'il a un ministre dans sa poche.

— J'ai horreur de ces gens-là, mais ça m'amuserait qu'on embête les flics. On y a eu droit, et je sens que ça va recommencer.

— Ça a déjà ! Ils ont fait une enquête à mon bureau, ma secrétaire en avait marre. Heureusement, l'essentiel de mon affaire est à Londres, ils ne sont pas encore allés jusque là-bas. D'ici à ce qu'ils m'envoient les polyvalents...

— Tu vas à Londres ces jours-ci ?

— Oui, tu veux venir ?

— Avec plaisir, j'ai encore dix jours avant les réunions de rentrée, et j'ai repéré un manuscrit que j'aimerais bien consulter. Quand partons-nous ?

— J'ai contacté les peintres, ils doivent venir demain pour mettre en place les travaux du bureau. Ahmed pourrait-il s'occuper de poser une nouvelle serrure ?

— C'est son métier, tu n'as qu'à l'appeler. Pour nous, il se libérera tout de suite.

— Il faut que je m'installe le mois prochain, j'ai donné mon congé avenue Montaigne. Et ton permis ?

— Je viens juste de commencer, ce n'est pas pour tout de suite.

— Mon fils arrive l'autre mardi, il faut que je sois rentré lundi. Peux-tu t'occuper des billets, pour... disons ce mardi soir, je te donne l'adresse d'une agence de voyages que je connais. Pour quatre jours, je ne prends pas la voiture, le trajet serait trop long.

— Ça marche, j'irai demain.

— Et le chat ?

— La concierge s'en chargera. N'oublie pas de la prévenir, pour les travaux, qu'elle n'appelle pas la police en voyant les gars arriver. Remarque, elle les connaît, ainsi qu'Ahmed, elle ne s'affolera pas.

— La pauvre ! Il faut prendre des précautions avant de lui parler de clefs ou de travaux, ces choses ont à présent le don de la traumatiser.

— Oui, elle souffre du syndrome du pot de peinture... et fait une allergie aux tableaux... Il ne faut rien accrocher sur les murs, surtout !

— Elle a piqué une crise hier, des gamins avaient tagué un bout du mur extérieur... ça tombait mal ! Tiens, Socrate a une réclamation à formuler."

Mon greffier avait beau être affamé, il chipota dans son assiette, car, le magasin d'alimentation où je faisais habituellement les courses étant fermé, j'avais acheté une autre marque que celle qu'il préférait. Ces félins sont des gastronomes avertis.

XXXII.

Le lendemain, je sortis de bonne heure, ayant pas mal de démarches à faire. Dans l'entrée, je croisai une jeune fille, que je saluai, bien que je ne puisse la reconnaître avec certitude, mais il me sembla qu'il s'agissait de la nièce des patrons du bistrot.

Après diverses courses, j'allai déjeuner avec Anne à qui j'appris les dernières nouvelles, et elle prit un air effaré. D'après elle, l'écrivain devrait se méfier, ayant vu les décorateurs, à moins qu'il ne soit leur complice et dans ce cas c'est moi qui devrais me méfier de lui. Et son copain journaliste ? Et avais-je parlé au commissaire de cette jeune fille qui avait l'air de fouiner dans l'escalier ? Il était aisé de vérifier si elle était vraiment la nièce des voisins, pourquoi allait-elle chez eux à des heures où ils n'y étaient pas ? Je convins qu'il ne coûtait rien d'en parler.

Anne m'expliqua en outre qu'ayant rencontré la voyante que la vieille avait consultée, elle avait appris d'elle que la victime était venue la voir, en compagnie d'un couple de Hollandais d'un certain âge qui était également intéressé par la magie noire, la façon de neutraliser quelqu'un qui vous veut du mal, le spiritisme, et autres bricolages du même genre. Ces gens l'ayant lassée avec ces pratiques qu'elle désapprouvait, elle les avait envoyés à une espèce de gourou africain, et ils lui avaient parlé d'un sorcier berrichon connu dans le milieu, qu'Anne, sous un prétexte professionnel, avait interrogé et qui lui avait confirmé que ces personnes faisaient partie de sa clientèle.

— Tu devrais en parler au commissaire", me conseilla-t-elle.

— Si cela se trouve, il a déjà enquêté à ce sujet. Et puis, je me méfie un peu de lui." Je fis part à mon amie de l'opinion d'André.

— S'il a de mauvais souvenirs des services de police, sa réaction est normale, mais toi, en quoi cela te gênerait-il d'en parler à ton voisin ? Ou il le sait déjà, ou ça lui apprend l'existence de ces Hollandais amis de la vieille, qu'il peut éventuellement interroger. C'est son métier, ne lui cache pas ce qui te semble un détail, tu n'as pas à te méfier de lui."

Anne, en bonne fonctionnaire, défendait toujours ses homologues. Je convins que mes réticences venaient surtout des tracasseries que nous avions eu à subir et de la méfiance d'André, et j'appelai le commissaire à son bureau. Il fut content de mon appel et je lui passai Anne qui lui donna les adresses du gourou et du sorcier. Il avait déjà contacté la voyante, mais n'avait eu avec elle qu'une brève conversation téléphonique et elle ne lui avait pas parlé du couple venu avec la victime. Il convint que, n'attachant pas d'importance à "ces histoires de bonnes femmes", il n'avait pas insisté dans cette voie. En ce qui concernait la jeune fille, il me demanda de poser la question à nos voisins, il était facile de passer à leur café et de leur dire "votre nièce vous cherchait ce matin, vous l'avez vue ?" Il ne voulait pas le leur demander lui-même pour ne pas les ennuyer.

André m'ayant téléphoné chez Anne pour me dire qu'il rentrerait un peu tard, je rentrai, chargée de paquets, parmi lesquels je n'avais pas oublié les boîtes de nourriture pour chats de la marque favorite de mon exigeant animal, et, pour faire plaisir au commissaire, passai acheter des chewing-gums chez mes voisins. À ma question, ceux-ci me répondirent qu'effectivement ils l'avaient vue. Lorsque je leur fis remarquer qu'elle avait paru gênée lorsque je lui avais demandé la première fois si elle cherchait quelqu'un, ils me précisèrent qu'elle était extrêmement timide et ne savait jamais s'expliquer. Rien donc à signaler de ce côté-là.

En poussant la porte de l'immeuble, j'entendis des éclats de voix et trouvai la concierge aux prises avec une grande femme à l'accent américain prononcé. Ma pipelette m'appela à la rescousse, car elle ne pouvait pas en placer une, ce qui était pour elle exceptionnel, et la femme me dit qu'elle était l'épouse de l'américain, qu'elle le cherchait pour lui dire sa façon de penser, qu'il n'était qu'un escroc, qu'il avait détourné des fonds qui lui appartenaient, lui faire ça à elle, la fille du roi des conserves de légumes, pour sans doute le dépenser avec des créatures, on savait à Boston ce que c'était que d'aller à Paris, mais elle obtiendrait le divorce, et il se retrouverait sans un sou, etc.... Je laissai passer le flot de paroles et, profitant de ce qu'elle reprenait son souffle, lui répondit sur le même ton que cela ne nous regardait pas, que nous ne rencontrions son mari que rarement, et qu'elle n'avait qu'à consulter son avocat sans ennuyer tout le quartier, chacun devait laver son linge sale en famille. La concierge enchaîna pour dire que rien ne prouvait qu'elle fût l'épouse du locataire du premier, et qu'elle n'allait pas donner la clef à n'importe qui. La virago, outrée, exhiba son passeport, assura qu'elle avait des relations en haut lieu, et qu'elle récupérerait ses tableaux.

Au mot de "tableaux", la concierge et moi lâchâmes une exclamation de surprise, et je parvins à demander calmement à l'Américaine de préciser de quels tableaux il s'agissait. Se rengorgeant d'arriver enfin à nous intéresser, elle nous expliqua que son mari avait subtilisé des tableaux de famille qu'il avait dû vendre à Paris, elle avait questionné des marchands à Boston et à New York, qui lui avaient répondu négativement. La concierge, voyant là un prétexte pour se débarrasser de cette furie, lui expliqua qu'il y avait eu dans l'immeuble un crime qui avait un rapport avec des tableaux volés, et lui proposa de rencontrer le commissaire à qui elle téléphona, pour s'assurer qu'il était à son bureau. La volcanique épouse, après s'être fait expliquer le chemin pour se rendre au poste de police, sortit enfin.

La concierge et moi eûmes un même "ouf!" de soulagement, suivi d'une crise de fou-rire, repris en écho par les enfants de mon interlocutrice qui avaient tout entendu.

— Quelle virago ! remarquai-je.

— Si son mari la trompe, je le comprends", dit la concierge, "il faut vraiment aimer le fric pour supporter une bonne femme pareille. Ce monsieur si bien ! Effectivement, je crois qu'il a une petite amie, mais ce n'est pas moi qui vais l'apprendre à sa femme. Faut se faire une raison, les bonshommes sont tous pareils, pas vrai ?

— Apparemment, ce monsieur a dû épouser "un beau parti", et il va se distraire ailleurs, mais elle a pris soin de garder tout ce qu'ils ont en son nom.

— Quand on dit que l'argent ne fait pas le bonheur... Elle ne peut pas se distraire elle aussi, non ? Y'a des tas de gens qui s'arrangent très bien comme ça.

— Elle a plutôt le genre "bonnes œuvres", et ne doit pas trop rigoler avec les réunions de la paroisse. Mais, en fait, elle est furieuse surtout à propos du fric. Si ça se trouve, elle se moque que son mari la trompe, si ça ne lui coûte pas d'argent. Il a dû exagérer, tomber sur une danseuse particulièrement dépensière.

— Ou il a fait un enfant à une fille qui le fait raquer.

— Ou l'enfant, s'il est grand, a fait "des bêtises". On peut tout imaginer.

— Mais, dites, encore une histoire de tableaux ! Ça ne finira donc jamais ? Ce monsieur serait dans "les histoires" ? J'aurais jamais cru.

— Ne nous affolons pas, ça n'a peut-être aucun rapport. Il est là, en ce moment ?

— Je crois, je l'ai vu dernièrement. Ça promet ! Elle va le guetter, mais elle l'attendra dehors, je ne veux pas de scandale ici."

Je lui souhaitai bon courage, et, précisant que nous nous absentions ce week-end, lui demandai de s'occuper de Socrate. Son fils sortit de la loge et me parla d'un livre scolaire qui coûtait assez cher, et qu'il aurait voulu trouver d'occasion. Lui précisant qu'il s'agissait de la dernière édition, qui n'était donc pas disponible sur le marché de l'occasion, je m'offris à le lui procurer gratuitement, les enseignants pouvant avoir des spécimens. La concierge me remercia et je montai chez moi, d'où je téléphonai à Anne pour lui raconter la dernière. Elle étouffa de rire au téléphone, puis me dit qu'André avait raison, tout l'immeuble avait l'air plus ou moins lié à l'affaire, qu'est-ce que je faisais là-dedans ?

Le téléphone sonna peu après. Ce n'était que l'enseignante du dessous, qui, ayant appris de la concierge — on ne pouvait rien cacher, dans cette maison — que je me rendais à Londres, me demandait si je comptais me rendre à la British Library, souhaitant avoir le microfilm d'un ouvrage scientifique qui s'y trouvait. J'acceptai bien volontiers et descendis chez elle pour avoir toutes les coordonnées nécessaires. Je lui demandai si elle avait passé de bonnes vacances.

— Excellentes, me dit-elle, nous en avions bien besoin, après toutes ces histoires. Ce n'était pas une ambiance pour les enfants.

Je profitai de l'occasion pour lui parler du fils d'André. Elle approuva la décision du père, et me donna tous les renseignements que je souhaitais, car elle était professeur de mathématiques en "prépa", et me dit que le jeune homme pouvait venir la voir quand il voudrait, elle pourrait le conseiller.

Nous discutâmes ensuite des événements de la maison. Elle trouvait la concierge très gentille, mais ses bavardages l'agaçaient. Je savais déjà qu'elle tenait l'appartement de son père et qu'elle avait connu mon prédécesseur. Quand je lui dis que le gérant m'avait rapporté qu'il s'entendait bien avec "la vieille", elle se récria :

— Sûrement par pure politesse, ou par intérêt professionnel, puisque son défunt mari était un de ses collègues. Mais je vous assure qu'il ne l'aimait pas, il avait même quelque chose à lui reprocher, elle avait dû lui faire du tort dans le métier. Agnès ! s'écria-t-elle à l'attention de sa fille, va remettre ta tortue dans la salle de bains, je t'ai déjà dit que je n'en voulais pas dans le salon.

— C'est pas ma faute, maman, dit la petite, elle s'est sauvée.

— Alors, surveille-la.

— Tiens, vous avez une tortue ?

— Eh, oui, mes enfants lisent "Boule et Bill", et ils ont appelé leur tortue Caroline, comme de juste. Ils voudraient aussi un chat, mais cela suffit, avec le chien et la tortue dans un appartement.

— Famille nombreuse. Entre la concierge et son chat, son canari et ses poissons rouges, moi qui ai un chat, l'écrivain qui a des poissons rouges, c'est une maison à animaux.

— Ah, l'écrivain ! Ce qu'il est drôle quand il fait un discours sur "les vertus apaisantes des aquariums". Vous le connaissez un peu, je crois ?

— Oui, j'ai eu droit à ce discours, qui est assez juste, d'ailleurs. Il est sympathique, mais quel distrait !

— Oh, là là ! Quand il ne perd pas son crayon, ce sont ses lunettes, je dois surveiller les enfants qui l'appellent "quatre-z-yeux", et qui attrapent le fou-rire quand ils le voient passer. Savez-vous qu'il est assez connu comme écrivain, des romans policiers très "grand public", je ne prise pas cette littérature, mais il en faut pour tous les goûts.

— Il écrit sous un pseudonyme, je ne sais plus lequel.

— Oui, Steve ? Ou... je ne me souviens plus. Je préfère Simenon. Vous voulez un café ?".

J'acceptai, nous parlâmes littérature quelques instants et je remontai chez moi où Socrate me fit la tête parce qu'il sentait que j'avais caressé le petit chien. Raciste, va !

XXXIII.

Les jours suivants, André et moi passâmes nos soirées à jouer au bridge, car sinon, nous ne faisions que parler de l'affaire, et, jusque dans l'Eurostar qui nous amenait à Londres, le mot "tableaux" revenait souvent dans notre conversation. À tel point que, le soir, assistant à un concert à Saint-Michaël, nous sursautâmes ensemble lorsqu'une vieille dame prononça le mot "pictures" : il ne s'agissait que des images pieuses de son éventail. Nous étions bien conditionnés. Fort heureusement, nous étions invités ensuite à dîner chez des amis, où la conversation roula sur d'autres sujets.

Le lendemain, après avoir commandé à la bibliothèque le microfilm que m'avait demandé ma voisine, j'allai faire du shopping dans Oxford Street et, lorsque j'arrivai au bureau d'André, je ne sentais plus mes pieds. Il était encore en réunion et je restai affalée dans un fauteuil pendant qu'il raccompagnait ses clients. Ceux-ci sortis, il me demanda :

— Tu as vu Monsieur Beerens ? Le blond, assez fort, qui est sorti en premier ?

— Je n'y avais pas prêté attention et parvins à m'extraire de mon fauteuil pour regarder du balcon — nous n'étions qu'au premier étage. Je vis effectivement une grande Mercédès s'arrêter et le chauffeur en sortir pour ouvrir la porte à l'homme d'affaires. J'eus alors un haut-le-corps : le chauffeur ! J'avais eu raison l'autre fois lorsqu'il m'avait semblé qu'il ne m'était pas inconnu, et, cette fois, il ne portait pas de casquette, le doute n'était plus possible. L'homme, en se réinstallant au volant, leva machinalement les yeux, et je reculai, abasourdie. M'avait-il vue ? Je me précipitai sur André.

— Le chauffeur ! Le chauffeur de Beerens !

— Et bien, quoi, le chauffeur ?

— Tu sais qui c'est ?

— Tu le connais ?

— C'est l'ami du commissaire ! Celui que j'avais rencontré dans la maison, et au club de tir où il y avait un tournoi de bridge.

— Hein ? Tu es sûre ? Tu n'as pas tes lunettes.

— J'ai mis mes lentilles de contact. Je l'avais aperçu une première fois, à la sortie du cocktail, et je m'étais demandé où j'avais bien pu le voir, mais maintenant, je suis sûre. Et en plus, il avait couché chez le commissaire le soir de Noël et le lendemain, celui du crime.

— Tu savais qu'il était chauffeur ?

— Non, tout juste qu'il habitait la banlieue sud de Paris, et qu'il a emprunté ses affaires d'alpinisme à son copain, qui n'a jamais pu les récupérer.

— Ce commissaire ! Il m'avait toujours semblé qu'il n'était pas net ! Mais que faire ? Il va falloir aller trouver la police à notre retour, comment leur expliquer qu'il s'agit de celui qui est précisément chargé de l'enquête ?

— Je vais appeler Anne, elle connaît les différents services de police.

— Attends notre retour à Paris. On ne peut rien faire d'ici, et nous n'allons pas rentrer aujourd'hui.

— Mais, il m'a vue, je crois.

— T'a-t-il reconnue ? Tu n'en sais rien. Écoute, nous passons le week-end à la campagne, il ne va pas te suivre, tu es avec moi et Beerens est un client. Si le gars quitte son poste de chauffeur, ce sera une preuve qu'il a quelque chose à se reprocher. Mais, au retour, attention à ton commissaire.

— Ce n'est pas "mon" commissaire, Dieu merci ! Et puis, tu vas peut-être vite en besogne. Qui te dit que le gars n'a pas profité de son amitié avec un fonctionnaire de police pour faire le coup ?

— D'accord, d'accord. Il a aussi pu se faire embaucher par Beerens quand celui-ci a acheté l'appartement.

— Comment l'aurait-il rencontré ? Le commissaire, à ce qu'il dit tout au moins, ne l'a pas revu depuis le jour où je les ai rencontrés au club.

— Comme tu dis, il "prétend" ne pas l'avoir revu. Ou l'ami est passé et ne l'a pas trouvé, et il a pu rencontrer Beerens, ou le gérant... Non, c'est idiot, on ne va pas embaucher comme chauffeur à Londres quelqu'un que l'on rencontre sur son palier à Paris. Non, là, ce n'est pas une nouvelle coïncidence. C'est trop, surtout que... mais comment sais-tu qu'il a couché dans la maison la nuit du crime ?

— C'est le commissaire qui m'en a prévenue, ainsi que la concierge, qui avait peur à la suite des tentatives d'effraction, pour qu'on ne soit pas étonnés de le voir dans la maison.

— Il avait les clefs ?

— Ça, je n'en sais rien.

— Bon. En tous cas, ne panique pas, téléphone à Anne pour savoir à qui s'adresser dans ce cas, et ne te balade pas seule le soir. Qu'est-ce que tu comptes faire, demain ?

— Aller à la bibliothèque.

— Alors, vas-y, on ne va pas t'agresser entre les rayons, devant cent personnes. Si tu préfères, je te prendrai à la sortie, mais ne me fais pas attendre, on ne peut pas se garer dans ce quartier. Et puis, s'il t'a reconnue, je pense qu'il va simplement se barrer, ou que Beerens va le caser ailleurs, à Bruxelles ou sur la côte, il n'a pas qu'un seul chauffeur. Qu'est-ce qu'il risque ? Il n'est pas soupçonné de meurtre, seulement de complicité, et sur ton seul témoignage. Tu as pu te tromper. Allons, du calme, on rentre, l'appartement est sûr, je suis là et il y a un bon film historique à la télévision.

— Beerens connaît-il ta nouvelle adresse ?

— Non, je lui ai seulement donné le numéro de téléphone du nouveau bureau, qu'il a noté lui-même, je n'ai pas encore fait faire de cartes avec mes coordonnées.

— Donc, il ne sait pas que tu habites maintenant dans le même immeuble que lui. Tu ne l'as pas rencontré, la concierge n'a pas encore mis ton nom au tableau... je lui dirai de ne pas le faire, par prudence, mais, si ça se trouve, tu ne le rencontreras jamais. A-t-il tes coordonnées personnelles ici ?

— Certainement pas, je ne veux pas être ennuyé, la secrétaire prend les communications et les bascule chez moi lorsque c'est urgent. Lorsqu'il n'y a personne, j'ai un transfert d'appel. À Paris, j'ai déjà prévu de demander une deuxième ligne, avec le transfert du bureau, pour que tu ne sois pas dérangée... et que tu ne mettes pas le nez dans mes affaires, ajouta André en riant.

— Alors, lui rétorquai-je, c'est donc vrai ? Tu fais du trafic d'armes, pour que tes affaires soient si secrètes ?

— C'est toi qui dis ça ?

— Non, c'est Boulard.

— Celui-là ! Tu lui diras que je ne m'appelle pas S.A.S., ses œuvres lui déforment l'esprit".

Je me calmai quelque peu. Après tout, peut-être le chauffeur ne m'avait-il pas vue, ou pas reconnue, j'étais pourvue de lunettes larges à monture d'écaille lorsqu'il m'avait rencontrée et ne portais de lentilles de contact que depuis peu, je changeais souvent de coiffure, et il n'avait pu me voir qu'un court instant, depuis le rez-de-chaussée. N'importe, je n'aurai l'esprit libre que quand toute cette affaire sera terminée.

Le lendemain, les gentillesses d'André ayant su me faire oublier mon affolement, je me rendis tranquillement à la bibliothèque où je passai la journée. En sortant, je me dirigeai vers l'arrêt de l'autobus pour rejoindre André à son bureau, n'ayant pas voulu qu'il passe me prendre, étant donné la circulation à cette heure.

À Londres, les excentricités vestimentaires n'étonnent personne, aussi me plaçai-je tranquillement dans le groupe qui attendait, derrière un grand type aux cheveux verts et jaunes à demi-rasés comme un Iroquois, et portant un anneau dans le nez. Un bus, deux, trois, passèrent, et toujours pas le mien. Je m'aperçus qu'il n'y avait plus à côté de moi que "l'iroquois". Celui-ci, brusquement, me bouscula en saisissant mon sac. Malheureusement pour lui, j'avais un gros sac solide, que je portais toujours en bandoulière, et, alors qu'il sortait un rasoir, un grand costaud qui vendait des journaux à côté se précipita et lui agrippa le bras. L'Iroquois se dégagea et fila sans demander son reste, poursuivi par les injures du vendeur, que je ne compris pas, ma connaissance de l'anglais n'allant pas jusqu'à l'argot. Le brave gars m'aida à me relever et m'expliqua qu'il avait repéré le voleur depuis quelques jours, ils étaient plusieurs à opérer dans le coin ; j'avais eu de la chance, aujourd'hui il était seul et il avait eu le temps d'intervenir. Un "bobby" arriva alors comme les carabiniers d'Offenbach ; il n'y avait plus rien à voir, et, remerciant vivement le marchand de journaux, que je laissai raconter l'aventure à l'agent, je grimpai enfin dans le bus, pour m'apercevoir que j'avais perdu ma carte, que j'avais eu l'imprudence de tenir à la main.

L'incident s'était passé très vite et je n'avais pas eu le temps d'avoir peur ; comme cela arrive souvent en pareil cas, ce ne fut qu'une fois assise dans l'autobus que je me mis à trembler et à gamberger, en associant ce qui venait de m'arriver au chauffeur de Beerens.

André m'attendait depuis un moment, sans s'impatienter, car il connaissait les problèmes de circulation. Quand je lui dis que je m'étais fait agresser, il pâlit. Je me hâtai de lui expliquer et il parut soulagé.

— Ah, bon ! Ce n'est rien de grave. Pardon, ajouta-t-il en voyant ma tête, je craignais que cela ait un rapport avec nos histoires. On ne t'a rien volé, alors ?

— Tu as vu mon sac ? Oui, c'est celui que tu m'as offert la première fois que nous sommes venus. Je les ai toujours choisis avec une bandoulière solide, et je ne les porte jamais à l'épaule, c'est trop lourd et on vous l'arrache comme rien. N'oublie pas que j'ai enseigné dans des banlieues pas toujours très bien fréquentées, et j'en ai gardé l'habitude des talons plats pour pouvoir courir et des sacs qui ferment bien. Ce n'est pas la première fois que cela m'arrive.

— Tu es tombée ? Pas de mal ?

— Non, mais j'ai perdu ma carte de bus.

— En voilà un malheur ! Il aurait pu te voler ton sac, tu n'avais pas pris beaucoup d'argent, mais tes papiers et tes recherches de la journée... Et tu aurais pu être blessée, alors. En tous cas, le marchand de journaux a été sympa. Viens, on repasse en vitesse à la maison, et on file à la campagne, ça te changera les idées".

Nous partîmes à la campagne chez Fouad et Betty. Durant le trajet, j'émis l'idée que l'incident avait pu être provoqué. André me morigéna en me conseillant d'arrêter de gamberger : si on avait voulu me faire peur, il fallait tout de même autre chose qu'une tentative de vol de sac à main en pleine rue. D'ailleurs, le marchand de journaux avait bien dit qu'il avait déjà vu le voyou.

— D'ailleurs, pourquoi te faire peur ? Bon, mettons que le chauffeur, t'ayant reconnue, veuille t'empêcher de parler. Qu'est-ce qu'il ferait, à ton avis ?

— Un gars qui fait du tir, il me bute où il veut.

— Et, puisque je suis nécessairement au courant, j'y passe aussi. Et ça gêne Beerens pour ses affaires, il a besoin de moi pour le Moyen-Orient. Et, puisque nous allons sûrement le raconter, il bute aussi l'écrivain, Anne... ce serait ridicule, alors qu'il lui suffit de prétendre que tu t'es trompée, c'est ta parole contre la sienne. Si Beerens est dans le coup, il a déjà envoyé son chauffeur au vert, on ne le verra plus.

— Comment, "si Beerens est dans le coup" ? Et comment pourrait-il ne pas l'être ?

— Il peut n'être qu'un pion, on peut se servir de lui, ou il est l'objet d'un chantage. Tout est possible. Mais, fais-moi plaisir, ne mélange pas cet incident avec un petit voyou et notre affaire, et parlons d'autre chose".

La soirée se passa à jouer au bridge, d'une façon plus que décontractée. Fouad et André, copains de lycée et bilingues et même trilingues comme beaucoup d'Orientaux, ne pouvaient s'empêcher de parler arabe par moments, je les traitais de tricheurs lorsqu'ils étaient partenaires, en leur rappelant que les deux seules langues autorisées dans les tournois de bridge étaient l'anglais et le français. Betty, elle, n'avait que des notions scolaires de français. Les deux amis avaient appris à jouer au bridge ensemble, mais André s'était donné la peine d'apprendre les principes des annonces, tandis que Fouad avait tendance à confondre bridge et poker, chassant le grand chelem à tout va. Quant à Betty, elle débutait, prenant depuis peu des leçons, hésitait constamment, ne comprenant rien aux annonces de son mari, et tremblait à chaque carte qu'elle jouait, cherchant à se souvenir de ce qu'on lui avait appris dans chaque circonstance. Comme elle semblait être un peu découragée, je lui objectai que celui qui monte à cheval pour la première fois, et se sent trimbalé comme un sac de farine, se demande bien comment les autres peuvent tenir dans un parcours de cross. Elle était une excellente cavalière de concours complet, et nous continuâmes la conversation sur ce sujet, ce qui la décontracta suffisamment pour lui permettre de jouer à un rythme normal.

Nous fîmes une promenade à cheval le lendemain, et Fouad, dont le cheval s'était roulé dans la rivière après y avoir déposé gentiment son cavalier, dut payer la tournée. Betty m'avait choisi un cheval qui me convenait fort bien, et je n'avais pas oublié les utiles conseils qu'elle m'avait prodigués lors de notre précédent séjour, aussi fus-je enchantée de la journée. Le lendemain, nous assistâmes à un concours complet auquel elle participait. Nous ne pensions plus à "nos histoires".

XXXIV.

De retour à Paris, nous venions à peine de poser nos valises lorsque le téléphone sonna. C'était le commissaire, qui me demanda si je connaissais un certain Peter Neele. Le nom me disait bien quelque chose, mais impossible de m'en souvenir exactement. Mon interlocuteur m'expliqua qu'on avait plusieurs fois demandé cette personne à la concierge, et me rappela que les patrons du café avaient un soir trouvé devant leur porte quelqu'un qui demandait ce nom. Je lui promis que je le rappellerais si la mémoire me revenait. Tout à trac, je lui demandai s'il avait revu son copain.

— Bizarre que vous me demandiez ça !" me répondit-il, "savez-vous qu'on le recherche ? En plus d'avoir gardé mes affaires, il a volé un fusil et un revolver au club de tir, deux très bonnes armes.

— Ce sont des armes de compétition ?

— En compétition, on tire à balles réelles, les armes sont les mêmes que celles que nous possédons. Le permis de port d'armes est extrêmement réglementé. Mais pourquoi me parlez-vous de lui ? Je ne pense pas que vous le trouviez si joli garçon, vous avez une idée derrière la tête, vous, à me parler de ce gars. Vous feriez mieux de me raconter, ou venez à mon bureau.

— Mais vous le connaissez bien ?

— Qui peut se vanter de connaître bien les gens ? Ce n'est pas un ami d'enfance, si c'est ça que vous voulez dire. Nous sommes devenus copains au club de tir, voilà environ un an, il se disait vigile dans un centre commercial, et c'était un très bon tireur. Je l'invitais comme je le fais pour beaucoup de copains, à la bonne franquette, vous savez bien qu'il y a toujours du monde chez moi, je ne le voyais pas régulièrement. Maintenant que je vous ai dit ce que je savais, si vous me racontiez un peu ?

André, qui entendait la conversation, me fit signe d'y aller. Je racontai alors au commissaire ma rencontre londonienne, et mon interlocuteur lâcha un juron.

— M..., alors ! Êtes-vous absolument sûre ?

— Cette fois, oui. La première fois, il portait une casquette, et j'étais à cent lieues de penser à lui, je n'y ai vu qu'une tête vaguement connue, ce pouvait être une simple ressemblance. Mais, cette fois, je suis sûre.

— Tout colle. Je me souviens qu'il vous avait tourné le dos lorsque nous vous avions rencontrée à Nogent, et je me demandais bien pourquoi, vous n'aviez fait que lui dire bonjour. C'est depuis ce jour-là qu'il a disparu de la circulation. Après la compétition, notre entraîneur est parti très vite et nous a laissés ranger les armes nous-mêmes. L'autre est reparti directement chez lui, et, en rapportant les armes à notre club, nous nous sommes aperçus qu'il en manquait deux. En dehors de l'entraîneur, qui est trop connu sur la place pour être suspecté, il n'y avait que lui à pouvoir faire le coup.

— Possédait-il une arme personnelle ?

— Bien sûr, si on est membre d'un club de tir, on a un permis, et le sien était tout à fait en règle. Avez-vous les coordonnées de son patron, le Belge ?

— Mon ami les a, mais seulement celles de son bureau, et je ne sais pas s'il est actuellement à Londres ou à Bruxelles, ou ailleurs.

— Écoutez, j'ai des photos de lui, que nous avions prises lors d'une compétition. Voulez-vous passer tous les deux à mon bureau, ou puis-je passer chez vous ce soir ? Il me faut de vous une déposition signée.

— Nous venons vous voir, si vous ne nous retenez pas trop longtemps. Encore un truc... est-ce qu'il avait les clefs de la maison ?

— C'est vous ou moi, le flic ? Oui, je suis aussi incorrigible que l'étudiant, je passe les clefs aux copains, mon amie aussi. En dehors de mon arme de service, que je ne mets pas n'importe où, et que la plupart du temps je laisse au bureau, qu'est-ce que vous voulez qu'on fauche chez moi ? La télé ? Effectivement, il avait la clef quand il est resté chez moi lors du réveillon. Il y a un moment qu'on le recherche : en dehors des deux jeunes qui semblent hors du coup, il était présent dans la maison la nuit du crime. Vous l'avez vu à Londres, mais il a eu le temps de filer n'importe où. Alors, vous venez me voir ?"

Je lui répondis par l'affirmative, et nous sortîmes. Dans la rue, nous manquâmes heurter la nièce des voisins du premier, et André me demanda :

— Tu la connais ?

— Oui, c'est la nièce des gens du premier, un jour, elle les cherchait, et je lui ai dit qu'ils étaient toujours à leur café.

— Pardon ? C'est la petite copine de l'américain, je t'avais dit l'avoir rencontré avec une petite jeune.

— Ah, bon. Alors, ça explique ses airs gênés quand on la rencontre. Comme tu disais, il les prend jeunes, le monsieur.

— C'est bien la nièce des voisins ?

— Oui, je le leur ai demandé."

Le commissaire prit ma déposition, et nous apprit que la vieille avait été tuée par une balle provenant d'un revolver semblable à celui que possédait le chauffeur. Ce détail, joint au fait qu'il s'était trouvé dans la maison le soir du crime et avait ensuite disparu, l'avait fait rechercher. Notre voisin nous avoua qu'il n'avait pensé à lui qu'après le vol des armes, on ne suspecte pas immédiatement quelqu'un que l'on a invité chez soi. Le soir du crime, lui et son amie, qui n'avaient pas beaucoup dormi la nuit du réveillon et avaient traîné leur gueule de bois toute la journée, s'étaient couchés tôt et n'avaient pas fait attention à leur ami qui couchait dans le salon et avait tout à fait pu sortir dans le courant de la nuit. André lui donna toutes les coordonnées de Beerens qu'il possédait, et, la déposition terminée, demanda "pour rigoler" comment s'était passée l'entrevue avec la femme de l'américain.

— Ouh, là là ! Eh, Planchard, demanda-t-il à l'agent qui était resté avec lui pour prendre les dépositions, tu as entendu ?

Son collègue fit le geste du "rasoir".

— Quelle em... bêtante, celle-là ! S'il n'y avait que des bonnes femmes pareilles, je préférerais être pédé ! "Son" mari, "son" fric, "ses" tableaux, elle nous a pompé l'air avec ses "relations haut placées" dont on se fiche éperdument !

— Il y a donc aussi une histoire de tableaux ?

— Rassurez-vous, reprit le commissaire, ce ne sont pas des Vermeer. Si j'ai bien compris, tout le fric est à elle, alors, son mari doit farfouiller discrètement dans les comptes pour pouvoir se payer ses petites virées, et il a subtilisé des tableaux d'une certaine valeur qu'il a dû vendre en Europe. Le vol n'existant pas entre mari et femme, du moins chez nous, c'est peut-être différent en Amérique, sa plainte était irrecevable. Elle s'est fâchée, nous a dit que nous nous faisions les complices de ce voleur, il a fallu qu'on la menace d'outrage à officier de police pour qu'elle la boucle, et on lui a conseillé de voir ses avocats, si elle entame une procédure de divorce, elle pourra faire ce qu'elle voudra, enquêter chez les marchands de tableaux, etc. C'est son affaire.

— Savez-vous que la petite amie de son mari est la nièce des bistrots du premier ? Nous l'avons rencontrée, c'est la fameuse jeune fille dont je vous ai parlé.

— Ah ? Bon. Ça ne regarde que lui.

— C'est ce qu'a dit la concierge, "ce n'est pas moi qui le raconterais à sa femme", j'ai eu droit à une partie de la scène, tout juste si l'autre ne l'accusait pas de se faire la complice des divertissements extraconjugaux de son mari. Vous imaginez la tête de notre gardienne.

— Pour une Américaine de la soi-disant bonne société, ça manque un peu de dignité. Ah, et puis, le nom de Peter Neele vous disait quelque chose, est-ce que vous avez pu vous souvenir ?

— Pas du tout, je suis désolée. Ce n'est pas un ancien locataire ?

— Non, nous avons vérifié. Une fois, passe, quelqu'un peut se tromper d'adresse, mais cela fait trois fois qu'on le demande, aux bistrotiers et à la concierge, à qui, comme à vous, "ça dit quelque chose".

— Que voulez-vous, on ne peut pas se greffer un enregistreur dans le cerveau. Si par hasard je me souviens, je vous appelle. Peut-être est-ce un faux nom pour celui que vous recherchez.

— J'y ai pensé. Il faut que je contacte Beerens. Bon, je crois qu'on s'est tout dit. Alors, je vous en prie, ne me cachez pas des choses.

— Mettez-vous à ma place, je m'aperçois que votre copain est le chauffeur de Beerens, alors... Il y a de quoi se poser des questions.

— Je ne pouvais pas vous raconter qu'on le soupçonnait, nous avons seulement dit aux journalistes que l'on recherchait un suspect qui avait disparu. En tout cas, méfiez-vous tout de même, évitez de trop sortir seule le soir, on ne sait jamais. Quand reprenez-vous votre travail ?

— Lundi prochain, mais nous avons des réunions de prérentrée demain et jeudi. Le soir, André est avec moi, et s'il s'absente et que je sors, je me fais raccompagner ou je rentre en taxi.

— Bon. Et je sais que vous n'êtes pas distraite comme notre ami Boulard. Celui-là, il peut lui arriver des bricoles, à jouer les Sherlock Holmes avec son copain journaliste, il pose des questions, prend des notes, a une excellente mémoire, mais il n'est pas fichu de regarder le feu quand il traverse. Il discute d'affaires criminelles à haute voix au bistrot où tout le monde peut l'entendre et ouvre sa porte sans se méfier. À preuve, son "accident" le soir de Noël, qui ne l'a pas rendu plus prudent. Les femmes se méfient davantage. Bon, je crois que nous avons fini, il faut encore que je contacte l'étudiant qui vient de rentrer et qui connaît peut-être ce "Peter Neele". À bientôt."

André me quitta pour courir à son bureau et téléphoner à son fils pour se faire confirmer l'heure d'arrivée de son train, et je partis prendre ma leçon de conduite. Je passai ensuite au lycée où était inscrit le garçon pour prendre la liste des manuels scolaires, et rentrais tout juste lorsqu'Anne me téléphona pour nous inviter à dîner. Je la mis au courant de l'affaire. "Tu vois que ton commissaire n'est pas un gangster", me dit-elle, "il s'est seulement fait avoir par ce gars qui est devenu son copain à dessein". Avec elle, la police, le corps enseignant et l'administration en général étaient toujours des modèles d'intégrité, tout juste acceptait-elle qu'ils puissent commettre quelques erreurs, surtout quand elle recevait sa feuille d'impôts.

XXXV.

Le lendemain, j'allai à ma réunion au collège, laissant André aller chercher son fils et vadrouiller avec lui toute la journée, et ils me rejoignirent en fin d'après-midi, le père complètement vanné, le fils tout excité d'habiter Paris où il n'avait fait que de brefs séjours depuis dix ans que ses parents s'étaient séparés, et prêt à recommencer la journée, bien qu'il eût passé la nuit précédente dans le train. On est solide, à cet âge. Nous allâmes dîner au restaurant chinois et lui racontâmes — il l'aurait appris un jour où l'autre, nous en parlions trop souvent — le crime et ce qui avait suivi. Antoine, grand lecteur de romans policiers, insista pour connaître tous les détails, et nous lui fîmes la promesse de le présenter à l'écrivain. Son père exigea de lui la discrétion et lui fit promettre de ne pas faire le malin devant ses nouveaux copains et copines en racontant l'histoire. Il valait mieux se vanter de ses exploits au tennis. L'idée du secret plut au garçon qui aimait le mystère. Je pus lui parler de ses études, et lui proposer de rencontrer ma voisine professeur de mathématiques. André, ayant du travail en retard, me demanda d'accompagner Antoine le lendemain chez Gibert pour ses achats scolaires, choses que je connaissais mieux que lui, avant de le reconduire à son foyer. Nous rentrâmes pour nous coucher assez tôt, fatigués que nous étions.

Il était dit que nous ne pourrions dormir tranquilles. Nos premiers ronflements furent interrompus par Socrate qui sauta sur le lit en miaulant, l'air excité. Je grognai après, rien n'y fit, et, complètement réveillés à cause de ce fichu matou qui semblait avoir peur de quelque chose, nous entendîmes des éclats de voix à l'étage au-dessus. André reconnut la voix de

Beerens, qui semblait avoir des mots avec deux personnes, un homme et une femme.

— Ils ne peuvent pas gueuler ailleurs qu'à côté d'une fenêtre ouverte ? grogna-t-il en essayant de se rendormir.

La dispute continuait, jusque sur le palier. Enfin, la porte de Beerens claqua et ses visiteurs descendirent sans faire trop de bruit. Complètement réveillée, je pris un livre, tandis qu'André se rendormait. Peu après, j'entendis quelqu'un, sans doute Beerens, descendre l'escalier, fait confirmé par Socrate qui dressait l'oreille à chaque bruit. "Bon, on va pouvoir dormir, maintenant ?" me dis-je, en continuant ma lecture que j'espérais soporifique. Une minute après, Socrate se précipita à la porte en miaulant, j'entendis vaguement se fermer la porte de l'écrivain, et quelqu'un descendit. Mon greffier consentant enfin à se tenir tranquille, je pus me rendormir.

Le lendemain, comme prévu, j'accompagnai Antoine pour ses achats scolaires, terminant à la librairie anglaise — il parlait l'anglais couramment — où il s'offrit quelques romans policiers. En revenant, nous passâmes devant le café de nos voisins et j'y trouvai comme presque toujours l'écrivain, dont c'était le quartier général. Il me fit signe et je lui présentai Antoine qui fut tout content. Boulard, sympathisant avec son jeune admirateur, lui offrit son dernier roman, dont il avait quelques exemplaires avec lui. Voyant la couverture du livre, le jeune homme poussa une exclamation de surprise :

— Oh ! Vous êtes Peter Neele ! Mais j'ai lu pas mal de vos romans, je suis un de vos fans."

Je manquai tomber à la renverse.

— C'est vous ! Mais comment cela se fait-il...

— Je m'appelle Ferdinand Boulard, ce n'est pas un nom pour écrire de la littérature policière, j'ai pris ce pseudonyme.

— Mais comment se fait-il que la concierge ne le sache pas ?

— J'ai commencé ma carrière en faisant des traductions d'anglais, sous mon vrai nom, et tout mon courrier professionnel, mes droits d'auteurs, etc. sont au nom de Boulard, les lecteurs qui veulent écrire à Peter Neele s'adressent à mon éditeur.

— Mais savez-vous que... Patron ! appelai-je, regardez ! Et je lui montrai le livre, tout en faisant signe de patienter à Antoine qui ne comprenait pas pourquoi j'avais l'air si surprise.

— Ça alors ! fit notre voisin, c'était donc vous ? Figurez-vous qu'on vous a demandé à plusieurs reprises, et avec tout ce qui s'est passé dans la maison, la concierge en a averti le commissaire.

— Oh ! Je suis désolé ! Je ne voulais pas être importuné en mettant mon pseudo sur le tableau, mais j'aurais dû le dire à la concierge. Et oui, aussi, il faut prévenir le commissaire, d'autant plus que je devine qui a pu me demander dernièrement, rien que d'anodin.

— Je vais l'appeler tout de suite", dit le patron. "J'aime mieux ça, j'avais peur d'une nouvelle embrouille." Et il alla téléphoner, pendant que j'expliquai la chose à Antoine.

— Avez-vous entendu la dispute chez Beerens la nuit dernière ? demandai-je à Boulard-Neele.

— Bien sûr, Beerens est sorti peu après, et je l'ai suivi.

— Vous êtes fou ! C'est d'une imprudence... Oui, j'ai entendu sortir de chez vous, ou plutôt, le chat m'en a averti. Mais quelle idée avez-vous eue là !

— Eh ! Cela valait la peine. Il est allé jusqu'au carrefour Saint-Germain-des-Prés, où il a retrouvé trois types. J'en ai reconnu deux : les soi-disant brocanteurs qui étaient venus dans la maison. Quand je me donne la peine, je n'oublie jamais un visage, surtout qu'ils étaient sous les réverbères.

— Ils vous ont vu ?

— Beerens me connaît à peine, et j'ai regardé ailleurs quand je suis arrivé à leur hauteur. Il faisait nuit, et je me suis mêlé à la foule qui traversait la rue. Le commissaire m'a eng... quand je lui ai raconté, mais il était content quand même du renseignement, vous pensez !"

Je croyais entendre Sherlock Holmes parler de l'inspecteur Lestrade. Je lui recommandai la prudence, et, ne voulant pas parler de ce sujet trop longtemps en présence d'Antoine, ramenai la conversation sur le terrain de la littérature policière, sujet sur lequel Boulard était intarissable. Il accepta bien volontiers de dédicacer son livre à son jeune lecteur, et nous oubliâmes l'heure, si bien qu'André, qui entre-temps était rentré et s'inquiétait, vint nous retrouver. Laissant son fils parler avec notre voisin, je lui racontai rapidement ce que nous venions de découvrir, et lui m'apprit que Beerens, reparti pour Bruxelles, venait de lui envoyer un fax expliquant que ses affaires l'appelaient à l'étranger et qu'il resterait en contact avec son bureau là-bas.

Après avoir raccompagné Antoine, nous allâmes sonner chez le commissaire, qui nous expliqua qu'il avait eu le temps de joindre Beerens chez lui la veille, et que l'homme d'affaires lui avait dit avoir renvoyé son chauffeur de Londres, qui n'était pas consciencieux dans le travail. Son adresse ? Il logeait son chauffeur chez lui, mais, maintenant, il était parti. Où ? Il n'en savait rien, qu'allait-il se préoccuper de l'avenir d'un employé renvoyé ? Et il avait raccroché quasiment au nez du commissaire, prétextant un rendez-vous urgent. André espérait que l'enquête se termine vite, car il déménageait son bureau à la fin de septembre et n'avait pas envie d'avoir des ennuis avec Beerens.

— Si cela se trouve, lui dis-je, tu ne vas plus travailler avec lui, et il ne va pas revenir à Paris.

— J'aimerais mieux, quoiqu'il soit un client et me laisse un stock de marchandises sur les bras. Mais il est complètement fou, ce Boulard, de le suivre dans la rue en pleine nuit, et en plus il raconte ça tranquillement au bistrot du coin !

— Vous pouvez le dire ! renchérit le commissaire, je vous avais dit qu'il était imprudent, mais on ne peut pas lui coller un garde du corps. Il est venu me voir ce matin avec son copain, à qui il avait bien sûr tout raconté, et à qui j'ai dû faire jurer qu'il n'écrirait rien sur ce sujet pour l'instant dans son journal, il se voyait déjà avec un scoop. Ça m'ennuie déjà qu'il vous en ait parlé.

— Oh, c'est moi qui ai abordé le sujet, nous avons entendu une dispute et les gens sortir cette nuit. Avec le chat qui est à l'affût du moindre bruit et qui nous réveille...

— Encore le chat ! Si on pouvait les embaucher pour faire des planques, on ne perdrait jamais un suspect !"

XXXVI.

Le lendemain matin, André, sous un prétexte quelconque, téléphona au bureau de Beerens à Bruxelles, où une secrétaire lui apprit que son patron venait de partir pour l'aéroport, mais qu'il la contacterait dans la journée. Elle ignorait le but et la destination de son voyage, mais assura qu'il ne se rendait ni à Londres, ni à Paris, peut-être sur la Côte, mais elle ne pouvait rien dire, il n'y avait qu'à lui laisser un message qu'elle transmettrait. André m'appela et me recommanda d'être prudente, on ne savait jamais.

Après ma leçon de conduite, j'allai déjeuner avec Anne et rentrai vers les quatre heures pour trouver la concierge discutant sur le pas de la porte avec sa collègue de l'immeuble voisin, et ne pus éviter d'avoir droit à une diatribe sur la femme de l'américain qui était revenue dans la maison où elle avait enfin rencontré son mari. D'après la pipelette, ça devait chauffer, là-haut. On n'entendait quand même pas les assiettes se briser.

Montant l'escalier, j'accélérai ma progression au niveau du premier étage, entendant la porte s'ouvrir. La virago sortit, proférant ce qui devait être un exemple d'injures pour une dame de la meilleure société de Boston qui reprend le vert langage de ses pionniers d'ancêtres. J'arrivais discrètement sur mon palier, lorsque je vis l'étudiant qui se penchait sur la rampe. La porte d'entrée claqua, et il me demanda d'un air rigolard si j'avais entendu la scène de ménage, en ajoutant qu'il était entré en même temps que l'Américaine qui l'avait agrafé pour lui signaler qu'elle était l'épouse outragée, et qu'elle savait à quoi s'en tenir sur ces Français qui ne pensent qu'à la gaudriole, comme si lui aussi s'était fait complice de l'aventure de son mari. Descendant quelques marches, il me demanda aussi si nous avions revu Beerens et ce qu'il en était des tableaux. Le traitant de petit curieux, je lui dis que l'homme d'affaires avait disparu, qu'un tableau était en la possession de la police et ajoutai qu'il y avait assez d'un détective amateur dans la maison. Il me dit que c'était pour son grand-père, que la police avait longuement interrogé après le crime, et qui voulait savoir si cette histoire était finie. Je le rassurai avant de rentrer chez moi.

Peu après, j'entendis dans la rue le bruit d'une voiture qui semblait rouler vite. Je pensais qu'il était fort imprudent de conduire à cette vitesse dans une rue étroite, lorsqu'une détonation claqua, suivie de cris. Me penchant à la fenêtre, j'aperçus la concierge, l'écrivain et des passants qui se penchaient sur une femme étendue à terre. Je descendis aussitôt, en même temps que l'amie du commissaire. La collègue de la concierge était par terre, se tenant l'épaule. On venait de lui tirer dessus depuis la voiture qui était passée et avait aussitôt disparu. L'infirmière monta aussitôt chercher sa trousse de secours, et je soutins la pauvre femme tandis que la concierge allait appeler le SAMU et que Boulard notait le numéro de la voiture qu'il avait eu le temps de lire, ainsi que deux dames qui passaient à ce moment. L'infirmière revint alors que nous avions emmené la blessée dans la loge. Elle constata qu'elle avait une balle dans le bras, mais rien de très grave. L'écrivain était atterré.

— C'était moi qu'on visait, sûr !

— Que s'est-il passé ?

— Je rentrais, en marchant sur la chaussée comme toujours dans cette rue où le trottoir est étroit, et j'ai entendu une voiture arriver. Cette dame a vu qu'elle ne ralentissait pas et m'a attrapé par le bras, et c'est elle qui a pris le coup de feu tiré de la voiture.

— Vous les avez vus ?

— Vaguement. Deux hommes en casquette, mais celui qui a tiré avait un bas sur le visage ou quelque chose comme cela. C'est ma faute, j'ai vu et dit trop de choses. Quel imbécile je suis !

— Calmez-vous. Tenez, téléphonez donc au commissaire, tant que ces deux dames sont là pour témoigner, si elles veulent bien."

Les deux passantes acceptèrent, d'autant que la voiture les avait frôlées et que l'une d'elles, qui s'était retournée à ce moment, avait pu voir le visage de celui qui était au volant. Les gens du SAMU arrivèrent alors que l'infirmière terminait le pansement, et elle leur expliqua ce qu'il en était. La concierge accompagna son amie dans l'ambulance et nous demanda de rester dans sa loge en attendant que son fils arrive.

L'amie du commissaire, qui était une personne discrète, ne dit rien, mais elle ne pouvait s'empêcher de regarder de travers cet étourneau de Boulard, dont les bavardages et les enquêtes personnelles étaient sans nul doute la cause de cette agression, et qui ne cessait de battre sa coulpe en répétant "C'est ma faute, je suis un imbécile..."

Il put se reprendre pour expliquer ce qui venait de se passer au commissaire qui arrivait en courant, confirmé dans ses dires par les deux passantes que notre voisin, après avoir noté leurs coordonnées, pria de l'accompagner à son bureau afin de tenter d'identifier au moins l'un des deux agresseurs. L'infirmière et l'étudiant, qui était descendu peu après moi, offrant de rester dans la loge, je remontai avec Boulard et lui offris un remontant chez moi. Il vida son verre d'un coup, et resta prostré un moment.

— Je crois qu'on peut deviner qui a tiré", lui dis-je lorsqu'il me sembla qu'il reprenait ses esprits.

— Bien sûr, l'ancien copain de tir du commissaire, même s'il était masqué. Si cette pauvre dame ne s'était pas penchée pour m'attraper, je prenais le coup en pleine poitrine, il a tiré au bon moment pour m'atteindre. Pourvu qu'elle s'en remette !

— Tranquillisez-vous, vous avez entendu l'infirmière, la balle s'est logée dans le gras du bras, il n'y a rien de cassé et aucune artère d'atteinte. Elle s'y connaît bien, elle est l'assistante d'un chirurgien. Mais, sans vouloir vous accabler, vous voyez qu'il faut être prudent, non seulement pour vous-mêmes, mais aussi pour les autres.

— Je sais, je me suis fait casser la figure à Hambourg et à New York, mais cela ne concernait que moi, les risques du métier, en quelque sorte. Mais vous, faites attention, et votre ami aussi.

— Comme nous sommes tous au courant de l'histoire dans la maison, y compris l'étudiant qui vient de rentrer, et à qui j'ai raconté succinctement les dernières, nous devons tous être prudents. Votre ami, le journaliste, est-il au courant ?

— Oui, il fait sa petite enquête de son côté. Tiens, on sonne chez moi, vous permettez ? Ah ! Quand on parle du loup... acheva-t-il en ouvrant la porte et en reconnaissant son ami.

Je le priai d'entrer, et nous lui racontâmes l'histoire. Il ne sembla pas affolé, plaignant seulement la voisine.

— Je viens d'en apprendre une bonne, continua-t-il. J'ai été voir le commissaire-priseur qui s'était occupé de la vente des biens de la vieille. Figurez-vous que parmi les papiers qu'on a retrouvés chez elle, il y avait des certificats de vente de tableaux signés Meissonnier.

— On nous l'a dit. Et alors ?

— C'est l'américain qui les lui a vendus. Il faut croire qu'il la connaissait.

— Lui aussi ? Mais tout le monde a fait affaire avec elle dans cette maison...

— Cela ne prouve pas grand-chose," intervint Boulard, faisant pour une fois preuve de circonspection. "Il pouvait ne pas connaître grand 'monde en ce domaine, et s'est adressé à elle, sachant qu'elle avait eu un mari dans la partie, pour avoir une adresse.

— C'est possible," acquiesçai-je, "il ne s'était peut-être pas rendu compte qu'elle était un peu timbrée, il n'est pas assez souvent là.

— Mais, attendez ! La vieille a fait expertiser les tableaux par un Hollandais avant de les acheter.

— Encore des Hollandais ! Quoique ce puisse être une ancienne relation de son mari. Bon, il faut en parler au commissaire. Je l'appelle ? Ou, non, je pense qu'il va revenir nous voir.

Le journaliste regarda sa montre.

— Zut ! J'ai oublié de porter un papier, il faut que je coure le faxer. Vous en savez autant que moi, vous pouvez raconter au commissaire. Excuse-moi, je reviens dans un moment", ajouta-t-il à l'attention de son ami. Et il partit après un rapide "au revoir".

Je fus quelque peu surprise de ce départ subit. Cet homme craignait-il de rencontrer le commissaire, ou ma personne lui était-elle tellement antipathique ? Je regardai Boulard qui ne semblait pas surpris de la chose, et me risquai à lui demander si ma présence gênait son ami. Il parut ne pas comprendre, puis protesta :

— Non, pas du tout ! Il a oublié quelque chose, c'est tout. Vous savez, il est aussi distrait que moi. S'il n'avait pas voulu vous voir, il serait entré chez moi pour m'attendre, tout simplement.

— Alors, il ne tient pas à rencontrer le commissaire ?

— Oh ! Il a peut-être un peu trop de contraventions, notre voisin a pu lui en faire sauter de temps en temps, mais pas s'il a garé sa voiture devant la sortie des pompiers ou brûlé un feu rouge. Vous conduisez ?

— J'apprends.

— Alors, bon courage avec les parcmètres. Moi, j'ai renoncé à conduire, cela empêche de penser."

Cette réflexion typique de ce rêveur m'amusa, mais je me dis que son ami n'avait pas la conscience tranquille.

Selon son habitude, Socrate se précipita vers la porte parce qu'il y avait quelqu'un sur le palier. J'ouvris et fis entrer le commissaire qui sonnait en face.

— Qu'est-ce qu'il se passe ? J'ai vu votre ami sortir en courant," dit-il à Boulard, "un autre accident ?"

— Non, non, rassurez-vous, il avait oublié quelque chose. Je suppose que je dois vous faire ma déposition ?

— Exact. Mais laissez-moi vous dire que j'ai presque regretté qu'ils ne vous aient pas raté, espèce de malin ! À jouer les détectives, vous faites flinguer les autres.

— C'est ce que tout le monde me dit... articula le pauvre Boulard, qui fixait ses chaussures d'un air effondré. Comment va la blessée ?

— Ça, je ne sais pas, la concierge n'est pas revenue de l'hôpital, j'ai dit à son fils qu'elle m'appelle quand elle rentrera. En tout cas, d'après mon amie, rien de très grave, on lui retire la balle et c'est fini.

— Peut-être pour vous, qui savez ce que c'est qu'une agression," intervins-je, "mais pour une personne qui a une vie tranquille, c'est un traumatisme. Elle va vivre un bout de temps avec des calmants, après ça.

— Je sais bien, allez, j'ai vu assez de gens victimes d'attentats, il faut aussi les suivre psychologiquement.

— J'irai la voir à l'hôpital, reprit Boulard. Bon... je vous fais ma déposition ?

— Chez vous, si vous voulez bien.

— Attendez ! dis-je, le journaliste nous a appris quelque chose...

— Encore un détective amateur !

— Non, une histoire de tableaux. Et je racontai ce que nous venions d'apprendre.

— Décidément, tout le monde a quelque chose à voir avec cette affaire. À part vous, peut-être, et encore, on se demande...

— Les bistrots et la voisine du dessous, je ne pense pas.

— Votre voisine a connu votre prédécesseur, et elle est au courant de quelque chose. Les bistrots ont une nièce qui fréquente l'américain. Quant à vous, vous connaissez par votre amie les voyantes que fréquentait la vieille, et vous avez trouvé le tableau. En tous cas, Monsieur Boulard, puis-je vous prier de vous tenir tranquille à l'avenir ? D'accord, vous nous avez apporté un renseignement utile, mais vous avez vu ce qu'il en est advenu. Alors..."

Boulard baissa le nez et acquiesça.

XXXVII.

L'installation du bureau d'André et la rentrée des classes se passèrent sans encombre, mais la concierge continuant à nous parler de l'"affaire", nous vivions à l'affût des dernières nouvelles, y compris Antoine qui entendait être tenu au courant. Le grand-père de l'étudiant avait été contacté et avait produit les certificats de vente et d'expertise du tableau qu'on lui avait volé : il s'agissait bien d'un Vermeer, d'authenticité douteuse, qui lui avait été vendu par la victime. Boulard se demandait ce qu'il avait fait à son copain journaliste qui ne lui donnait plus de nouvelles, et que le commissaire cherchait à rencontrer pour qu'il lui donne plus de précisions sur ce que nous lui avions rapporté, l'américain étant absent. Rentrant un soir, je vis la nièce des voisins du premier qui montait devant moi et continuait jusqu'au quatrième.

Un matin, André m'appela pour me demander de descendre dans son bureau où je le trouvai en compagnie du commissaire et d'un autre homme qu'il me présenta comme étant un collègue des douanes, chargé des recherches sur les tableaux. Celui que nous avions trouvé était authentique, et la famille de son propriétaire, mort en déportation, l'avait recherché en vain après la guerre. Le commissaire avait revu le peintre qui lui avait raconté une nouvelle fois la découverte de l'objet. Il avait enquêté sur André — on ne savait jamais, il avait pu s'introduire dans ma vie avec des intentions similaires à celles de son copain de tir — et, n'ayant rien trouvé qui puisse étayer ses soupçons, venait nous raconter l'histoire. Il désirait surtout rencontrer l'enseignante, dont les enfants lui avaient dit qu'elle allait revenir sous peu, pour qu'elle lui parle des rapports de mon prédécesseur avec la morte.

Notre voisine arriva sur ces entrefaites, et commença par s'excuser auprès du commissaire d'avoir omis certains détails, car les interrogatoires qui avaient suivi l'assassinat l'avaient autant énervée que moi. Ma présence et celle d'André ne la gênant pas, elle nous raconta que le monsieur avait une dent contre la vieille qui lui avait vendu une toile "attribuée à Vermeer" d'après le rapport d'expertise. Cet homme, qui n'avait pas pu l'examiner très soigneusement avant l'achat, n'avait pas la qualité d'expert, mais pouvait en remontrer à nombre d'entre eux en matière de peinture, et s'était aperçu que le tableau était faux. L'acariâtre voisine n'avait rien voulu entendre, les papiers étaient établis en bonne et due forme, et sa victime gardait une dent contre elle. La jeune femme ajouta que la mort de ce monsieur ne l'avait pas surprise, car elle le savait cardiaque.

Je me dis que l'héritier qui m'avait vendu l'appartement allait avoir la visite du commissaire, car il avait pu être au courant de l'histoire, et, ses démarches pour retrouver le tableau s'étant avérées vaines, avoir recours à d'autres moyens moins légaux pour récupérer son bien et éventuellement faire faire une nouvelle expertise. Je donnai ses coordonnées au commissaire. Un suspect de plus.

André, ayant demandé au commissaire s'il avait eu des nouvelles de Beerens, s'entendit répondre que l'homme d'affaires s'était envolé, après avoir transféré son compte en banque dans un pays d'où l'extradition était difficile. Son épouse, qui ignorait totalement les agissements de son mari, se trouvait dans une situation pénible et s'était réfugiée chez leur fille à Gand. L'appartement du quatrième allait être mis sous scellés.

Je revins sur le chapitre de l'américain et de la "nièce", gênée de causer ainsi des ennuis à mes voisins, mais cette jeune fille avait une attitude bizarre : qu'allait-elle faire au quatrième, un jour que ni son oncle et sa tante, ni son ami n'étaient là ? Le commissaire me dit qu'il en prenait note, et qu'il souhaitait aussi voir le journaliste ami de Boulard qui avait le don de prendre la fuite dès qu'il l'apercevait, alors qu'auparavant il venait souvent au commissariat pour des raisons professionnelles. Nous achevâmes notre conversation en parlant de la voisine qui était rentrée de l'hôpital et que Boulard, tout contrit de l'aventure, était venu voir avec des cadeaux pleins les bras. Contrairement à ce que j'avais pensé, la dame, peu impressionnable, se posait en héroïne de fait divers auprès des copines du quartier et racontait l'aventure à qui voulait l'entendre, toute fière d'avoir son nom dans les journaux.

XXXVIII.

Un soir, André rentra et dérangea ma première séance de corrections de copies de l'année pour m'apprendre que la fameuse "nièce" venait d'être emmenée au commissariat. Nous allions avoir du nouveau, si notre voisin pouvait en parler. De plus, mon ami, ayant téléphoné par courtoisie à Madame Beerens venait d'apprendre que leur appartement de Bruxelles venait d'être cambriolé. La pauvre femme, avec l'aide de son gendre, avait effectué toutes les démarches nécessaires auprès de la police et des assurances, pour apprendre que, tout étant au nom de son mari, l'absence de celui-ci rendait impossible tout versement de prime d'assurance. On recherchait sans grand espoir l'homme d'affaires belge.

Plus tard, le commissaire téléphona et je le priai de monter. Il nous apprit que l'interrogatoire de la jeune fille et des bistrots avait tout éclairci : elle était la fille de l'américain, qu'il avait eu d'une personne amie des voisins, décédée quelques années auparavant. Ayant eu beaucoup d'amitié pour elle, ils lui avaient promis de veiller sur sa fille. Celle-ci, qui habitait à la cité universitaire, venait de terminer ses études, et son père désirait lui acheter un appartement. Dans ce but, il avait vendu des tableaux appartenant à sa femme, qui ne connaissait pas l'existence du fruit de cette liaison passée. Venue un jour dans l'appartement de son père, dont elle possédait la clef, elle avait eu peur lorsque la digne épouse avait sonné en appelant son mari. La virago descendue, elle avait tenté de sortir, mais avait vu une femme attendre devant la porte de l'immeuble, aussi s'était-elle réfugiée au quatrième. Il n'y avait rien de secret dans ce qu'il nous avait raconté, il valait mieux que nous cessions nos spéculations sur une éventuelle participation de ces gens au crime. Il ne s'agissait que d'un problème de vie privée.

J'éclatai de rire et m'adressai à André :

— Tu vois, avec ton esprit mal placé ! Tu croyais que c'était sa petite amie, j'avais été la seule à penser que ce pouvait être sa fille ou sa nièce.

— Avoue qu'il est un peu maladroit, ce bonhomme, pour faucher les tableaux de sa femme au lieu de détourner petit à petit de l'argent du compte en banque.

— Eh, intervint le commissaire, c'est ce qu'il faisait depuis la naissance de sa fille, vous imaginez, elle a vingt-trois ans, il doit avoir les nerfs solides pour avoir tenu tout ce temps.

— Ou avoir très peur de sa femme à qui il n'a jamais avoué l'existence de cette enfant.

— Ça vous étonne ? Vous avez vu le dragon que c'est ? Les bistrots dépannaient la mère quand l'argent tardait à arriver. Cette fois, il avait besoin d'une somme plus importante. Il ne pouvait installer sa fille ici, sa femme connaissait l'adresse, et elle pouvait toujours débarquer, la preuve ! Mais, dans ce genre de situation, tout finit par se savoir un jour ou l'autre. Du coup, sa femme va demander le divorce et, même s'il a moins d'argent, il aura l'esprit plus tranquille. Sa fille m'a donné son téléphone à Saint-Étienne où il est pour ses affaires, je l'ai appelé et il m'a fourni les coordonnées du couple de Hollandais qui s'est occupé de la vente des tableaux. Il les a connus par la victime, dont il savait par la concierge qu'elle était la veuve d'un antiquaire, et à qui il a demandé une adresse.

— S'adresser à la vieille... il est vrai qu'il ne venait pas souvent et loge au premier, il n'a pas dû se rendre compte qu'elle était timbrée.

— Eh, pas tant que cela, en ce qui concerne l'argent, croyez-moi ! Elle a touché une commission sur cette vente, et a été capable de gruger votre prédécesseur. En tout cas, merci pour le tuyau, vous savez, les voyantes et gourous en tous genres : ces Hollandais fréquentaient comme elle un cercle de spiritisme, c'est ainsi qu'elle les a connus. Ils se disaient aussi menacés par quelqu'un qui leur avait jeté un mauvais sort, et elle les invitait chez elle pour faire tourner les tables et se livrer à la magie noire ou autres manipulations du même style. Vous me suivez ?

— Oh, tout à fait !" dis-je. "Ils ont gagné sa confiance avec ces bricolages, à seule fin d'être reçus chez elle et faucher ses tableaux. C'est ça ?

— Affirmatif, Miss Marple. S'il est établi qu'ils connaissaient mon ex-copain de tir, qui est sûrement celui qui a dû les faire entrer le soir du crime, on remonte à Beerens. Vous ne saviez pas que votre homologue était collectionneur de tableaux ?" demanda-t-il à André.

— Ah, non, je vous avais déjà dit que nous n'avions jamais parlé que de choses intéressant notre travail, et il savait bien que je ne m'occupais pas d'objets d'art.

— Bref, reprit le commissaire en riant, si on les retrouve, il n'y aura plus qu'à les confronter avec votre chat qui entend tout et voit tout même de derrière les portes. »

XXXIX.

Je n'avais pas vu Monsieur Boulard depuis quelques jours, et la concierge m'avait appris qu'il avait l'air ennuyé, rentrant et sortant sans parler à personne, sauf à elle et à la voisine qu'il gratifiait d'un rapide bonjour, alors qu'il avait toujours été aimable — ce qui, dans la bouche de notre pipelette, était synonyme de "bavard". L'entendant rentrer, j'ouvris ma porte en faisant mine de voir si j'avais du courrier sur le paillasson, et lui proposai de venir prendre l'apéritif. Il accepta, et je lui racontai les dernières, ce qui eut pour effet de le faire parler.

— Je suis embêté pour mon copain," commença-t-il. Il ne veut pas se décider à voir le commissaire qui va finir par se demander...

— Mais est-ce qu'il a quelque chose à voir...

— Absolument pas ! Je vous avais parlé de ses contraventions. Cette fois, il s'est fait mettre sa voiture en fourrière.

— Eh bien ? Ce n'est pas grave, sauf que cela coûte cher de la récupérer, et on perd du temps.

— Oui, mais il n'ose pas aller la récupérer. Figurez-vous qu'on s'est aperçu que cette voiture a été volée. Il m'a avoué hier qu'il l'avait achetée pour pas cher à un casseur qui traficotait un peu. Et, à la fourrière, on s'est aperçu que le numéro n'existait pas, la carte grise qu'il possédait était falsifiée, elle correspondait à une voiture partie à la casse depuis longtemps. On lui a téléphoné à ce sujet, et il ne sait pas quoi faire.

— Mais il n'y est pour rien, il ne le savait pas.

— S'il connaissait le casseur, il devait s'en douter. Voilà l'histoire.

— Il suffit qu'il dise qu'il l'a achetée de bonne foi. Après tout, on lui a fourni des pièces qui pouvaient passer pour authentiques, non ? Il faut qu'il fasse son deuil de la voiture, et qu'il aille voir le commissaire à ce sujet. On ne va pas l'emprisonner pour cela, alors que, s'il continue à jouer à cache-cache, il va être suspecté de quelque chose. Enfin, un journaliste qui va souvent dans les commissariats ne va pas risquer d'avoir des ennuis pour une histoire de vieille bagnole, ça n'en vaut pas la chandelle ! S'il avait gagné votre amitié dans le même but que le copain du commissaire...

— Oh ! Certainement pas, je l'ai connu il y a bien des années, alors que je n'habitais pas encore ici.

— Alors, qu'il cesse ce jeu, de toute façon on le retrouvera.

— C'est bien ce que je lui ai dit, mais il était réticent.

— Alors, prenez les devants, et racontez l'histoire au commissaire, qui le connaît, en plus. Il va devoir payer sa mise en fourrière plus cher, s'il attend plusieurs jours."

Boulard se décida à suivre mon conseil, et descendit. André arriva peu après et l'histoire du journaliste le fit rire.

— Quel c... ! Risquer de se faire impliquer dans une affaire de meurtre à cause d'une bagnole pourrie, je l'ai vue une fois, c'est tout juste si les portières ne tiennent pas avec des ficelles. Boulard revient ?

— Oui, je l'ai même invité à dîner, j'ai une tonne de surgelés en réserve. On lui proposera des sujets pour son prochain roman. Il viendra dès qu'il aura nourri ses poissons rouges, il paraît qu'ils mangent à heures fixes. Toi, le chat, arrête d'essayer de faucher les biscuits apéritifs, tu vas manger, promis !"

André et moi mettions le couvert lorsque l'écrivain revint, rasséréné en ce qui concernait son ami. Le commissaire lui avait demandé tous les téléphones où on pouvait joindre le journaliste, se moquant bien de ce qu'il s'agisse de ceux d'une boîte d'homosexuels de style sado-maso ou de revues pornos ou "underground". Il lui avait conseillé d'essayer de le joindre de son côté, et de bien lui dire de le demander en personne, et qu'il n'hésite pas à l'appeler à son domicile s'il n'était pas à son bureau.

Boulard venait en outre d'apprendre que le couple de Hollandais venait d'être arrêté par la police belge, pour le cambriolage de l'appartement de Beerens. Ils n'avaient pas hésité à se "mettre à table", faisant porter le chapeau à Beerens qui les avait embauchés pour retrouver des tableaux de Vermeer qui avaient disparu après-guerre. Celui qu'André avait retrouvé après l'accident du peintre en faisait bien partie, et Beerens, furieux de ce qu'ils n'aient pu le trouver, avait refusé de les payer. En ce qui concernait le meurtre, ils avaient protesté énergiquement qu'il n'était pas prévu au programme : le chauffeur, qui était monté dans la nuit, avait tiré parce que la vieille refusait de leur céder le tableau. Par la suite, ils s'étaient fait passer pour décorateurs afin de fouiller l'appartement, mais nous avions eu plus de chance qu'eux. Comment ils avaient cambriolé l'appartement de Beerens ? Mais avec l'aide du chauffeur, qui était lui aussi furieux contre son patron qui s'était évaporé sans lui laisser un sou. Il possédait les clefs et savait que Madame Beerens était à Gand chez sa fille, aussi n'avaient-ils eu qu'à se procurer une camionnette de déménageur pour se servir. Ils étaient depuis longtemps soupçonnés de se livrer à divers trafics d'œuvres d'art, et la police s'était empressée d'enquêter sur leur passé. Le chauffeur, lui, était passé au travers des mailles du filet avec l'argent d'un coffre dont il avait pu découvrir la combinaison en espionnant son patron, ce qui n'était pas le cas de Madame Beerens. Son signalement avait été donné aux frontières, mais on passe aisément de Belgique en France si l'on possède une voiture qui n'est pas recherchée.

— Mais, et les pseudo-brocanteurs ? Et les effractions ? Et la voiture d'où l'on a tiré ?" demandai-je.

— Il ne m'a rien dit à ce sujet. Oh, on doit les rechercher eux aussi, ils doivent être de simples exécutants engagés par Beerens, les Hollandais ou le chauffeur pour repérer le terrain. En tous cas, je suis bien content, j'avais craint pour mon ami que son attitude rendait suspect.

— Alors, votre prochain roman ?

— Oh ! Attendez ! Je me documente en ce moment sur la sorcellerie, surtout les croyances populaires. Vous n'auriez pas l'adresse du sorcier berrichon ?

— Moi, non, mais ma copine Anne doit l'avoir. Dites donc, après avoir entraîné vos lecteurs en Amazonie, en Thaïlande, en Alaska, Antoine a lu tous vos romans, vous les ramenez en France, alors ?

— En général, ils recherchent l'exotisme. Cette fois, je vais les rendre inquiets, à leur donner à lire une histoire qui pourrait se dérouler dans leur immeuble ou à côté de leur maison de campagne ou de leur location de vacances.

— Eh ! Nous avons bien eu un crime dans ce quartier où les seuls événements sont les déplacements des sénateurs, plus de temps en temps une manif'. Vous avez vu la réaction de la voisine qui se pose en héroïne de fait divers, elle a enfin quelque chose à raconter aux copines ! Et puis, vous pouvez glisser vers le genre "épouvante", on en tirera un film.

— Oh, là, vous allez loin ! Et comment va mon jeune lecteur ?" dit-il en s'adressant à André.

— Le fils planche sur ses maths, je crois qu'il a quelque peu délaissé la littérature policière pour le moment, ce n'est pas au programme du bac. Mais il a lu votre roman, ça, j'en suis sûr. Ma secrétaire aussi, qui m'a demandé de vous le faire dédicacer.

— Mais, avec plaisir !"

Monsieur Boulard-Neele avait beau avoir l'air d'un homme effacé, il ne méprisait pas les petits honneurs que lui rapportait sa qualité d'écrivain.

XL.

Le lendemain, je téléphonai à mon directeur de recherche qui me reçut aussitôt. Durant le mois d'août, j'avais bien avancé la rédaction de mon travail et m'étais aperçue que j'avais de quoi présenter le diplôme préparatoire à la thèse, en octobre — nous avions normalement deux ans pour le faire. Le latiniste, après avoir examiné mon projet de mémoire, me conseilla de mettre les bouchées doubles et me proposa d'en faire paraître un extrait dans la revue qu'il dirigeait. Le Père Jésuite serait content de voir publier un article concernant son parent, dont les écrits, traductions et recherches méritaient d'être redécouverts, même si ses commentaires dataient un peu. L'universitaire constatait avec plaisir que les études classiques sortaient de leur période sombre et qu'il avait de plus en plus de maîtrise et thèses à diriger. Cependant, beaucoup de jeunes, qui venaient tout juste d'obtenir leur licence, manquaient d'expérience dans le domaine de la recherche et il me demanda de les aider. Je compris que mon directeur, avec la gentillesse qui le caractérisait, commençait à crouler sous les appels téléphoniques et les visites des étudiants en maîtrise ou des étrangers un peu perdus qui le dérangeaient pour des broutilles. J'acceptai bien volontiers de les piloter dans les bibliothèques et de les initier au traitement de texte, chose que grâce aux conseils d'André et d'amis bridgeurs qui étaient dans la partie je maîtrisais assez bien. Les jeunes savaient en général se servir d'un ordinateur, mais le domaine dans lequel nous travaillions requérait des logiciels spéciaux pour la notation et l'inclusion d'illustrations, et de plus il fallait tenir compte des normes imposées par les éditions universitaires. Mon directeur m'invita à déjeuner et il m'amusa beaucoup en parlant latin à table, ce qui surprit quelque peu le serveur de la pizzeria. Revenant au français, je lui racontai brièvement l'évolution des événements de mon immeuble, dont j'avais été obligée de lui parler, car j'avais dû en janvier reporter un exposé, excédée que j'avais été par les tracasseries policières et journalistiques. Il m'apprit que la police l'avait interrogé à mon sujet, mais qu'il m'avait présentée comme une de ses meilleures étudiantes, et il trouvait stupide que l'on fouille ainsi dans l'entourage des gens pour une histoire qu'il jugeait sans importance : pour lui, l'assassinat de Jules César avait plus d'importance que celui d'une vieille grippe-sou, il était même étonné qu'une chercheuse puisse s'intéresser à un fait divers de ce type. Je lui rétorquai que Simenon ne faisait pas de l'ombre à Chrétien de Troyes, à preuve que je n'aurais pas découvert l'ouvrage qui avait pris tant de place dans ma vie si je n'avais pas voulu acheter un "San Antonio". Il reconnut que s'il ne lisait pas davantage de littérature distrayante, c'était uniquement par manque de temps. L'histoire des tableaux, par contre, l'intéressa beaucoup pour ses racines historiques, car il ne connaissait que vaguement l'histoire de la collection de Von Goering, et aimait la peinture flamande. Pour lui, qui faisait partie des gens passionnés, il était très normal qu'un amateur d'art emploie tous les moyens, jusqu'à la limite de la légalité, pour se procurer l'objet de ses rêves. Je m'excusai de le décevoir en disant que Beerens devait n'être intéressé que par le profit.

La conversation se poursuivit sur d'autres sujets, et il me recommanda de ne pas affoler les jeunes étudiants qui viendraient me voir en leur parlant de ce qui venait de m'arriver. Je le rassurai, car l'histoire prenait fin, et je ne risquais qu'une visite du commissaire. Il m'assura que l'aide qu'il me demandait n'était qu'un début, et qu'il pensait à moi pour un poste au moins d'assistant, dès que j'aurai soutenu ma thèse. Sachant qu'il tenait ses promesses, je rentrai chez moi très contente.

J'arrivai en même temps que le commissaire, qui semblait soucieux. Il me fit entrer chez lui et nous raconta à moi et à son amie que l'on venait de découvrir le corps du chauffeur dans un terrain vague, et qu'il venait de l'identifier à l'Institut Médico-légal.

— J'ai beau avoir l'habitude, découvrir quelqu'un qui a été votre copain tué d'une balle à bout portant, ça fait quelque chose.

— A-t-on une idée de qui...

— L'affaire s'est passée hors de mon secteur, en Seine–Saint-Denis. Oui, ils ont quelques pistes, le corps a été transporté après le meurtre, une voiture a été repérée. Vu que les Hollandais sont sous les verrous, il doit s'agir de comparses à qui on a promis de l'argent, et qui n'ont rien vu venir. À moins qu'il ne se soit engagé dans une nouvelle affaire.

— Et Beerens ?

— Ces hommes-là ne tuent pas de leurs mains. Il est recherché, on mettra la main dessus un jour ou l'autre, ou, s'il s'est fourré dans une affaire de trafic de drogue quelque part en Amérique du Sud, il se fera buter par des complices. Votre ami faisait des affaires avec lui, il doit se retrouver avec des marchandises sur les bras.

— Oh, je crois qu'il a pu se débrouiller. C'est Madame Beerens qui est à plaindre.

— Elle ? Elle est loin d'être fauchée, il lui reste de quoi vivre, et son gendre a largement de quoi l'entretenir. Ne comparez pas la situation de cette personne à celle des petits fonctionnaires que nous sommes : pour nous, être fauché, c'est avoir l'huissier des impôts aux fesses et être obligé de manger des nouilles tout au long de la semaine. Pour elle, c'est se passer du yacht, de l'écurie de courses et des vacances aux Bahamas. L'entreprise de son mari va être mise en liquidation, et cela fera quelques chômeurs de plus.

— C'est vrai, c'est eux qu'il faut plaindre. Ah, avez-vous pu voir ce fantôme de journaliste ?

— Celui-là ! Oui, tout de même. Ça lui apprendra à ne pas acheter une voiture à n'importe qui, surtout un tas de ferraille pareil. J'ai vu que vous appreniez à conduire, n'en faites pas autant, si vous voulez que je vous indique un garage, ou les ventes de Domaines, ce n'est pas plus cher et au moins c'est licite.

— Oh, c'est André qui me passe sa deuxième voiture. Mais, dites-moi, dis-je en m'adressant à l'infirmière, et le type qui vous a attaquée ? L'a-t-on reconnu, y a-t-il un rapport quelconque ?

— Oh, me répondit-elle. À mon avis, aucun rapport. Comme il n'y a pas eu de mal, je n'y ai plus pensé.

— Vouloir lui faire peur à elle, c'était un peu raté, reprit le commissaire. Ça, vous aurait impressionné, vous ?

— Se faire attaquer par un dingue, non, j'ai enseigné dans des secteurs peu sûrs. Mais quand on se retrouve pour la première fois de sa vie dans un appartement correct, où l'on a l'impression d'être en totale sécurité, et que l'on tente de forcer votre porte, si j'avais été en plus agressée, j'aurais mal réagi. On peut être impressionnable, non ?

— Je n'aurais pas cru un prof si sensible," dit en souriant l'infirmière.

— Si je vous disais que je ne dors pas de la nuit quand je viens de gronder un gamin un peu fort, ou lorsque je dois mettre une note en dessous de la moyenne à un élève qui pourtant se donne du mal...

— Eh ! Ça existe, le genre "fait ce qu'il peut, mais peut peu", non ?

— C'est vrai, mais on ne se refait pas.

— Ah, dites, savez-vous qui a raconté l'histoire de Beerens à l'étudiant, il m'en a parlé lorsque nous nous sommes trouvés dans la loge de la concierge, le jour de l'agression.

— C'est moi, mais sans lui donner de détails. Son grand-père s'inquiétait de savoir si l'enquête était terminée.

— Mais, reprit le commissaire, comment sait-il le nom du Belge, alors qu'il vient seulement de rentrer ? Ah, c'est vrai, le nom est au tableau en bas.

— La concierge a dû lui donner les derniers détails.

— J'espère qu'il ne va pas se mettre lui aussi à jouer les Sherlock Holmes. On en a assez d'un avec Boulard."

XLI.

Quelques jours plus tard, en fin d'après-midi, j'étais chez moi en compagnie de trois jeunes étudiants de maîtrise — un Français, un Roumain, une Japonaise —, en train de leur donner une leçon de paléographie médiévale, lorsque Boulard, qui était en compagnie du journaliste, sonna à ma porte pour m'inviter à dîner. Ils paraissaient tous les deux très excités, il y avait sans doute du nouveau.

Ils me rejoignirent en fin de journée dans le bureau d'André, qui était aussi alléché que moi d'entendre les nouvelles. Quand nous fumes attablés au restaurant chinois, le journaliste commença.

— Tout d'abord, je reconnais que j'ai été stupide avec cette histoire de voiture. Cela m'a fait du tort sur le plan professionnel, car je n'osais plus entrer dans un commissariat et j'ai raté quelques "papiers". Heureusement, le commissaire a été très gentil, il m'a même adressé à ses collègues de Saint-Denis qui s'occupaient de l'affaire du meurtre du chauffeur, et j'ai eu la primeur de leur conclusion.

— On a retrouvé l'assassin ?

— Oui, ils étaient deux. Ils avaient laissé traîner plein d'indices, on les avait vus, ils n'avaient pas maquillé la voiture dont ils s'étaient servis, et j'en passe. Savez-vous qui c'était ?"

André et moi nous écriâmes ensemble :

— Les brocanteurs !

— Ah, bon, alors, vous savez tout ?

— Ce n'était pas difficile à deviner, il ne restait plus qu'eux en liberté. Mais comment sait-on...

— J'étais au commissariat à prendre des notes, quand l'inspecteur chargé de l'affaire les a fait entrer dans son bureau. Je les ai tout de suite reconnus. On a appelé Boulard qui les a reconnus lui aussi, et il n'y a eu qu'à tirer sur la ficelle pour qu'ils racontent tout, d'après ce que m'a dit l'inspecteur après l'interrogatoire. Ils avaient pour couverture une entreprise de brocante, débarras de caves et greniers, et effectuaient des déménagements, en se servant à l'occasion au passage. Ce sont eux qui se sont chargés du déménagement du grand-père de l'étudiant, un peu avant que vous n'emménagiez, et qui ont subtilisé le tableau. L'année précédente, ils s'étaient introduits une nuit chez votre prédécesseur, le croyant absent — oui, ils étaient aussi assez doués pour forcer les portes, sauf la vôtre qui est solide — et allaient emporter son tableau, lorsque le vieux monsieur s'est réveillé et a eu une crise cardiaque en les voyant.

— Le malheureux !

— Personne n'a pensé à regarder la serrure, la concierge qui l'a trouvé mort en venant faire son ménage était entrée avec sa clef, elle tournait normalement, et personne y compris la police ne s'est étonné de ce que ce monsieur ait eu une crise cardiaque fatale, il avait déjà eu plusieurs attaques.

— C'est Beerens qui les a engagés ?

— Non, ce sont les Hollandais, mais, comme ils voulaient éviter d'être vus avec eux, le chauffeur était chargé de faire la liaison. Ils se sont d'abord présentés chez la vieille, en tant que brocanteurs, mais elle s'est méfiée et les a éconduits, aussi les Hollandais se sont-ils arrangés pour faire sa connaissance. Les brocs s'étaient chargés de neutraliser celui-là le soir de Noël," ajouta-t-il en montrant l'écrivain, "et l'un d'eux conduisait la voiture d'où le chauffeur a tiré pour atteindre la voisine. C'est aussi l'un d'eux qui a attaqué l'infirmière, mais ils ont fait erreur sur la personne, c'était vous qui étiez visée, vous êtes à peu près de la même taille et de la même couleur de cheveux. Mais, Beerens envolé et les

Hollandais arrêtés, ils n'entendaient pas avoir fait tout cela à l'œil. Le chauffeur, qui ne savait pas où aller, s'étant planqué chez eux, ils ont essayé de lui soutirer de l'argent et ont fini par le descendre. Voilà l'histoire.

— Alors, dit André, nous allons pouvoir dormir tranquilles, l'histoire est terminée. Sauf pour Beerens qui se planque dans une quelconque république banane, jusqu'à ce qu'on arrive à l'extrader, ou qu'il se fasse avoir dans un nouveau trafic. Mon cher Boulard, vous pouvez commencer un nouveau roman.

— Eh, pas si vite ! dit l'écrivain. Une chose me turlupine : d'accord, ces Hollandais recherchaient les tableaux de Vermeer provenant de la collection Von Goering. D'accord, ils avaient pu avoir la liste des experts qui s'en étaient occupés, parmi lesquels se trouvait le défunt mari de la vieille. Mais comment ont-ils pu la retrouver, alors qu'à l'époque elle habitait à Amsterdam avec son mari ?

— Ils ont pu laisser une adresse lorsqu'ils sont venus en France.

— Avec des tableaux subtilisés ? reprit le journaliste. Tu as raison, il me semble. Ils ont pu voyager sous un faux nom, ou changer de nom une fois en France. À la fin de la guerre, beaucoup de gens n'avaient plus aucun papier, pour peu que le lieu où se trouvaient leurs archives de naissance ait été bombardé. Ils n'avaient pas de famille, et pouvaient s'être établis n'importe où dans le monde. Peut-être un indice a-t-il amené les Hollandais en France. D'accord, en utilisant les services d'un détective privé, on peut retrouver quelqu'un, mais c'est un travail de romain, et encore faut-il qu'il n'ait pas changé de nom. D'autant plus que — je tiens ce renseignement de l'inspecteur des douanes qui s'est occupé de l'affaire avec notre voisin — aucune autre personne possédant des tableaux flamands n'a été importunée, on n'a signalé aucun autre vol de ce genre. Ils ont cherché très discrètement, et ont visé juste.

— C'est vrai, repris-je. De plus, ils se sont arrangés pour faire connaissance avec leur victime dans un cercle où l'on pratiquait le spiritisme, ce ne peut être fortuit. Comment pouvaient-ils savoir qu'elle goûtait ce genre de distractions ? Vous allez me dire, en la suivant. Mais encore fallait-il la trouver, et ils ne la connaissaient pas. Oh, là là ! Ce n'est pas encore fini.

— Bref, intervint André, il reste un complice, ou un simple informateur. Vous deux — il s'adressait à Boulard et à son ami — vous êtes très observateurs par nécessité professionnelle. Deux suspects. Toi, tu étais en province l'année qui a précédé le crime, mais tu t'y connais en ésotérisme et voyantes, comme ta copine Anne. Et de quatre. Le grand-père de l'étudiant avait acheté un tableau à la vieille, et habitait sur le même palier. Le commissaire, c'est son métier de tout savoir, ajoutons son amie, cela fait huit. La prof, qui venait avec son mari voir son père, connaissait les locataires bien avant qu'elle n'emménage dans la maison. L'américain a vendu les tableaux de sa femme à la vieille, par l'entremise des Hollandais. Avec sa fille, cela fait douze. La concierge faisait le ménage de la vieille et est très bavarde. Quant à moi, vu les événements au Liban, j'ai les origines ad hoc pour faire un trafiquant d'armes — ne vous inquiétez pas, Monsieur Boulard, je veux bien l'être dans un roman. Quatorze suspects. Plus les enfants, surtout le fils aîné de la concierge, qui peuvent bavarder à l'école. Plus d'autres visiteurs éventuels.

— Ne me dis pas qu'on va recommencer à fouiner dans notre vie ! On en a eu notre part.

— Sélectionnons, dit Boulard. Toi, dit-il au journaliste, avec ton histoire de voiture, ils ont dû enquêter sur ta vie. Sur vous aussi, me dit-il, à cause de l'achat de l'appartement, vous m'avez raconté. Il peut en être de même pour d'autres personnes.

— En tous cas, soyez gentils, conclut le journaliste, attendez que j'aie fait paraître mon papier pour raconter l'histoire, surtout à la concierge qui me démolirait mon scoop."

XLII.

Nous avions vu juste : le commissaire vint nous voir tous, afin, disait-il, "de résumer l'affaire", en compagnie d'un lieutenant. Soucieuse de l'aider, et d'en finir plus vite, je tapai au fur et à mesure de leurs questions tous les "renseignements me concernant" et ce que je savais de l'affaire sur mon ordinateur, chose qui amusa beaucoup les enseignants qui s'empressèrent de m'imiter. Comme l'avait été mon voisin, le policier fut très impressionné d'apprendre que l'on pouvait gagner au tiercé de quoi s'acheter un appartement, et, comme il était lui-même turfiste, me demanda si j'avais découvert une martingale. Je le déçus en lui apprenant que, si j'avais encore gagné depuis, il ne s'agissait que de petites sommes. J'avais apporté trois indices importants : le fait que mon prédécesseur ait possédé un Vermeer, ce que la police aurait pu ne découvrir que bien plus tard, la piste des voyantes, et surtout ma rencontre du chauffeur à Londres. André, lui, put seulement dire qu'il connaissait Beerens sur un plan strictement professionnel, et qu'il le rencontrait le plus souvent à Londres. Le commissaire nous apprit que l'on enquêtait dans l'entourage de l'industriel, car il avait de la famille.

Les deux policiers venaient à peine de me quitter et d'entrer chez Boulard, lorsque l'étudiant sonna chez moi. Il était soucieux de savoir ce qu'on m'avait demandé, car il ne voulait pas que son grand-père soit ennuyé de nouveau. Je le rassurai en lui disant qu'il ne s'agissait que d'un bilan de l'affaire, qui allait sans doute être bientôt classée. Sa curiosité se réveillant, il me demanda si j'avais de nouveaux détails, et si l'on avait arrêté les cambrioleurs. Je restai vague, et m'excusai de devoir abréger la conversation en voyant arriver une élève de mon directeur de recherche. Je l'assurai que j'avais fait promettre au commissaire de tout nous raconter.

Le lendemain, le commissaire nous avertit qu'il désirait nous réunir chez lui pour conclure l'affaire, et nous demanda nos disponibilités. Tout le monde fut d'accord pour venir le voir le soir même. Nous avions hâte d'en finir et de retourner à nos chères études. Mais, comme me dit la concierge : "Ça occupait, de quoi va-t-on pouvoir bien parler maintenant ?" Je n'étais pas inquiète, lui faisant confiance pour trouver de nouveaux sujets de conversation.

À l'heure prévue, nul ne manquait à l'appel : la concierge était arrivée la première, avec sa voisine, les patrons du bistrot et la fille de l'américain. Cette dernière avait l'air de ne pas savoir où se mettre et se dissimulait autant qu'il était possible derrière son oncle et sa tante adoptifs. Son père était reparti à Boston. André, Anne, François et moi — le commissaire avait tenu à ce que mes amis soient là — aidions l'infirmière à installer les chaises, lorsqu'entrèrent Boulard et le journaliste, tous deux munis de leurs blocs-notes, que ce maladroit d'écrivain fit tomber selon sa bonne habitude, perdant ses lunettes en le ramassant. Les enseignants suivirent, ayant installé leurs enfants devant une cassette de dessin animé, puis vinrent Ahmed et le peintre, qui semblaient se demander ce qu'ils faisaient là, mais que cette réunion amusait beaucoup. L'étudiant arriva le dernier, de mauvaise humeur, car il était en pleines révisions pour ses examens d'octobre, avec ses deux jeunes amis. Notre policier prenait son temps, saluant tout le monde, s'inquiétant de savoir si nous étions bien assis, et, n'était le fait qu'il ne portait pas de moustache et était de carrure mince et sportive, évoquait irrésistiblement le célèbre Hercule Poirot lors de la scène finale de la plupart des romans de Dame Agatha.

— Je vous ai réunis, commença-t-il, "car je trouve que vous avez le droit de connaître toute l'histoire, nous avons été assez ennuyés comme cela, moi aussi, je m'empresse de le préciser, je suis un locataire comme un autre. Oh ! Vous ne préférez pas que l'on enregistre, dit-il en remarquant que le journaliste commençait à tout prendre en sténo, si cela n'ennuie personne, bien sûr.

— Je vous remercie, dit le copain de Boulard, j'ai l'habitude de faire comme cela.

— Comme vous voudrez. Première phase : on tente de forcer des portes, et on parvient à entrer chez Monsieur Boulard, ainsi que dans le dépôt du magasin qui est devenu le bureau de Monsieur — il montra André. Puis, des soi-disant brocanteurs font du porte-à-porte, et vous recevez des courriers où l'on vous demande si vous désirez vendre vos appartements.

Le commissaire continua, relatant tous les événements, y compris les plaintes que nous avions déposées contre la victime, et arriva au crime proprement dit.

— Je dois préciser que, selon les dires de Madame," — c'était moi qu'il désignait — "nous avons un témoin précieux, que malheureusement nous ne pouvons interroger.

— Et qui donc ?" firent en chœur plusieurs voix.

— Son chat, Socrate. Tiens, racontez donc vous-mêmes.

Je pris la parole :

— Mon chat est comme tous ses congénères à l'affût du moindre bruit. Le soir du crime, vers six heures, il s'est précipité vers la porte, car quelqu'un entrait chez Monsieur Boulard qui était à l'hôpital. J'ai cru qu'il s'agissait de notre gardienne. Un peu plus tard, à l'heure des informations, même réaction. Dans la nuit, il m'a brusquement réveillée en se mettant à courir dans l'appartement. J'avais regardé mon réveil, il était environ une heure du matin. Le crime venait sans doute d'être commis à l'étage au-dessus, et il avait entendu soit le coup de feu, malgré le silencieux du revolver, soit le corps tombant à terre."

Tout le monde rit, et la concierge ne manqua pas de faire remarquer que les chats étaient les animaux les plus intelligents, à preuve que c'était eux qui dressaient leurs maîtres, et non le contraire. Boulard, en verve, assura préférer les poissons rouges qui étaient une compagnie plus discrète, ce qui fit s'esclaffer le peintre, qui en possédait aussi. Le commissaire attendit que les rires s'arrêtent pour continuer.

— L'enquête a suivi, avec ses tracasseries. Je vous présente mes excuses pour les manières de mon jeune collègue qui a plus l'habitude de cuisiner des voyous casseurs de vitrines ou dealers que d'interroger des personnes, surtout des femmes, qui ne sont que témoins possibles. Mais, pour une fois que nous nous trouvions dans un immeuble où tous les locataires se connaissent — ce n'est pas commun à Paris — nous avons poussé les recherches assez loin. Les amis qui étaient chez moi le soir de Noël ont été interrogés eux aussi, y compris celui qui y avait passé la nuit du crime. Quant à la presse, je vous rappelle que nous devons la tenir au courant, le public a droit à l'information, n'est-ce pas, cher ami ? Mais, si vous êtes exagérément importunés, vous avez tout à fait le droit de porter plainte, il faut connaître ses droits."

Le commissaire continua, énumérant les diverses pistes qu'ils avaient suivies, et relatant l'histoire des tableaux du Maréchal Von Goering, que plusieurs personnes ne connaissaient pas, et la découverte par le peintre et André de celui qui avait été caché chez la vieille sous le papier peint du placard.

— Votre accident, dit-il au peintre, a été une bénédiction. Ce tableau est un authentique Vermeer.

— Nom d'une pipe ! s'exclama l'interpellé, alors, c'est un trésor que nous avons découvert ? Zut, si j'avais su...

— Ne regrettez rien, ce tableau appartient à une famille juive hollandaise, du moins à ses descendants, qui le recherchent depuis 1946. Il leur sera restitué. Il y avait deux autres tableaux, que la victime a vendu l'un au grand-père de

Monsieur, l'autre à un ancien locataire, antiquaire. Les deux étaient des faux, bien qu'il soit difficile de l'affirmer.

— Pardon, intervint l'enseignante, mon ancien voisin, qui avait de grandes connaissances en la matière, était sûr après l'avoir examiné qu'il s'agissait d'un faux. D'ailleurs, il a contesté le résultat d'expertise.

— Exact. Il est probable que ces deux tableaux sont dus à l'habileté du nommé Van Meegeren, mais nombre d'experts réputés, assistés de chimistes, se sont cassé les dents à ce sujet. Le faussaire a emporté son secret dans la tombe. Je précise que les tableaux qu'il avait selon lui exécutés n'étaient pas des copies, mais des compositions originales, et, bien que le Rijksmuseum d'Amsterdam possède la liste des œuvres de Vermeer existant dans le monde, on ne peut prétendre les avoir tous répertoriés, surtout après les pertes d'archives de la Seconde Guerre mondiale. C'est là que Monsieur Beerens entre en scène. En dehors de ses activités d'import-export tout à fait licites, cet homme est collectionneur de tableaux et n'hésite pas à faire appel à des trafiquants d'envergure internationale. Parmi ces derniers, on trouve un couple de Hollandais, chargés par notre homme d'affaires de retrouver des tableaux de Vermeer. Il ne sait pas au départ combien il y en a exactement ni lesquels sont les vrais et les faux.

— Mais comment ont-ils pu remonter jusqu'à notre voisine ? demandai-je.

— Un moment, je vous le dirai plus tard. Ayant retrouvé la piste de cette personne, dont le mari, marchand de tableaux, avait subtilisé trois Vermeer à la Libération — ceci bien qu'en arrivant en France, le couple ait changé son nom — les Hollandais ont cherché à introduire un complice dans la maison."

Chacun regarda son voisin d'un air soupçonneux.

— Ne cherchez pas, c'est moi qui ai fait les frais de l'affaire. Beerens avait un chauffeur qui était son homme de main et qui, étant bon tireur, est devenu mon copain au club de tir que je fréquente. C'était adroit : devenir l'ami d'un officier de police ! Comme je reçois beaucoup de monde et que j'héberge fréquemment les amis qui habitent loin, il avait ses entrées dans la maison. Il a fallu qu'il vous rencontre au club de tir," me dit-il, "et disparaisse aussitôt après, en emportant des armes, pour que nous pensions à lui. Et heureusement que votre ami se rend à Londres pour ses affaires, et qu'il y a rencontré Beerens, c'est ainsi que vous l'avez reconnu comme étant son chauffeur.

— J'ai passé un drôle de week-end, assurai-je, pour moi, vous étiez dans le coup, vous imaginez...

— Je vous comprends. Beerens m'a affirmé que l'homme avait disparu, qu'il l'avait renvoyé.

Le commissaire continua à relater l'affaire, parlant des pseudo-brocanteurs qui avaient d'abord tenté de faire affaire avec la vieille, puis avaient volé le tableau du grand-père dans le déménagement, et s'étaient introduits chez mon prédécesseur, causant sa mort.

— Mon Dieu ! dit l'enseignante, le pauvre homme ! Ce sont donc ceux qui sont venus nous tenir la chandelle un après-midi ?

— Voilà. Ils sont les auteurs des tentatives d'effraction. Devant l'impossibilité d'entrer chez la victime, les Hollandais ont pris la relève. C'est ici que je remercie ces dames — il montrait Anne et moi — qui, connaissant le monde des sciences occultes, ont pu me donner les coordonnées des voyantes que la victime fréquentait, et d'associations de spiritisme : nous avons pu retrouver celle où les Hollandais l'ont rencontrée. Ils n'ont eu qu'à se prétendre victimes d'un mauvais sort que leur avait jeté un magicien africain ou autre, pour qu'elle les reçoive chez elle où ce monde faisait de la magie noire et invoquait les esprits frappeurs. Le soir du crime, ils sont venus la voir.

— Mais je ne les ai pas vus entrer ! s'exclama la concierge.

— Vous avez vu entrer mon ex-copain, et vous m'avez même dit qu'il s'était cogné parce qu'il ne trouvait pas la minuterie. Il avait fait exprès de ne pas allumer pour que ses complices entrent derrière lui.

— Mais on ne peut pas être toujours devant sa porte !

— Évidemment, vous n'avez rien à vous reprocher, enfin ! Le chauffeur monte chez moi, il avait attendu qu'il commence à faire sombre, vous avait vue arriver — il s'adressait à moi — et voulait faire monter ses complices avant que nos amis patrons de café ne rentrent, il savait qu'ils fermeraient vers huit heures ce jour-là. Ses complices, donc, vont attendre chez Monsieur Boulard, qu'ils ont pris soin de faire expédier à l'hôpital par les brocanteurs, pour que son appartement soit libre, au cas où il faudrait une planque, pour eux-mêmes ou un tableau. Un peu plus tard, les Hollandais se rendent chez la victime qui les avait invités à dîner, — nos jeunes amis les ont entendus entrer — une petite séance de spiritisme a dû suivre. Dans la nuit, le chauffeur monte à son tour, et on se met à parler de tableaux. La vieille dame proteste qu'elle les a vendus, le ton monte et le chauffeur l'abat, avec un revolver muni d'un silencieux, et redescend discrètement chez moi. Les Hollandais fouillent, pas de tableau. Alors Beerens décide d'acheter l'appartement, et examine le mobilier, comme vous avez pu voir — le commissaire s'adressait à la concierge — car on peut cacher un tableau dans un meuble à double fond, que sais-je ! Et c'est là que notre peintre m'a donné un indice.

— Moi ? demanda l'intéressé.

— Sans vous en rendre compte. Pour quand le chantier était-il initialement prévu ?

— Pour août, mais le patron, vu qu'un chantier de juillet avait été annulé, a décidé de l'avancer d'un mois, et a téléphoné au Belge à Bruxelles, pour lui dire que nous pouvions le commencer tout de suite. Il a râlé, ça nous a étonnés, d'habitude les clients sont contents quand on leur annonce que les travaux seront finis plus tôt que prévu.

— Exactement. Les Hollandais, se prétendant décorateurs, devaient avoir le mois de juillet pour fouiller l'appartement. Mais vous étiez là, c'est vous qui avez trouvé ce qu'ils cherchaient.

— C'était pas exprès, je vous jure ! dit le peintre.

— Alors, c'est juste après ça que je me suis fait tabasser ? demanda Ahmed.

— Tout juste. Permettez-moi de vous présenter : notre ami est serrurier, il travaille chez l'oncle de Madame, c'est bien ça ? Après une réparation chez elle, il monte discuter avec le peintre, et les Hollandais les trouvent dans l'appartement. Ils se rendent sans doute compte que l'on a retiré quelque chose du fond du placard, préviennent les brocanteurs, qui n'étaient pas loin, ils suivent Ahmed et essayent de lui faire dire où est caché le tableau.

— Ils vous ont tabassé ? demanda l'étudiant.

— Bof ! fit Ahmed, ce n'était pas pire qu'un K.O. à la boxe. Mais vous n'avez pas su ? C'était dans les journaux.

— Oh, je ne lis que les articles économiques dans "Le Monde" et des journaux spécialisés, vous savez.

— Ça valait le coup ! Monsieur le commissaire m'a dit que cette agression avait un rapport avec un vol de tableaux, alors, il a fallu renvoyer toutes les associations antiracistes qui n'arrêtaient pas de me contacter, croyant à une ratonnade. J'ai quand même eu ma photo dans "France-Soir", termina-t-il, tout fier.

— Bref, continua le commissaire, voilà nos lascars privés de ce qu'ils cherchaient. Les Hollandais, qui comptaient toucher une commission substantielle, viennent trouver

Beerens qui les envoie promener, et qui même rencontre son chauffeur et les deux brocanteurs pour les éliminer du circuit. Cela, je le dois à notre ami Boulard, qui s'est pris ce soir-là pour Sherlock Holmes et a suivi le Belge. Il a été repéré — une filature, cela s'apprend, Monsieur — et ils décident d'éliminer un témoin gênant. Le chauffeur tire d'une voiture conduite par un des brocs, et c'est Madame qui prend le coup. Vous avez eu une veine folle, car, bon tireur comme je le connais, il ne vous aurait pas raté s'il n'y avait eu personne dans la rue. Beerens préfère prendre la fuite, laissant son chauffeur, les Hollandais et les deux brocs le bec dans l'eau. Nos lascars décident de s'unir pour récupérer ce qui leur est dû.

— Et ils cambriolent l'appartement de Beerens à Bruxelles, dit l'étudiant.

— Voilà. Mais nos Hollandais, qui sont des connaisseurs, ont commis l'imprudence d'emporter des œuvres d'art très repérables, alors que le chauffeur s'est contenté du contenu du coffre et de quelques babioles. Votre père, dit-il à la fille de l'américain, s'était adressé à la victime pour vendre des tableaux."

La jeune fille prit un air gêné. Le commissaire lui fit signe de se tranquilliser, précisant seulement aux personnes présentes qu'elle était la fille de l'homme d'affaires, et une amie des patrons de café.

— La vieille dame l'ayant adressé aux Hollandais, qui étaient les seules personnes qu'elle connaissait dans la partie depuis le décès de son mari, votre père, donc, a pu me donner leurs coordonnées, ainsi que me les décrire. Le couple a été arrêté, et ils ont tout raconté. Les brocs, à qui le chauffeur a tenté pour tout paiement de fourguer quelques bijoux sans grande valeur, ne l'ont pas entendu de cette oreille et l'ont assassiné pour lui prendre son argent. Ils ont été arrêtés à Saint-Denis, et notre ami journaliste, qui faisait un papier au commissariat, les a reconnus, ainsi que notre ami Boulard et ceux d'entre vous qui avaient eu leur visite et à qui j'ai montré leurs photos.

— Et Beerens ? demanda quelqu'un.

— Disparu quelque part en Amérique du Sud ou ailleurs, les recherches peuvent durer longtemps. Mais ces hommes-là ne sont pas des tueurs, et il cherche vraisemblablement à se faire oublier, vous ne le trouverez sûrement pas sur votre palier.

— Il serait bien reçu ! dit le patron du bistrot, en faisant le geste d'épauler un fusil.

— Mais, alors, c'est fini ? demanda l'étudiant, qui avait sans doute hâte de retourner à ses révisions.

— Pas tout à fait. Un point reste à éclaircir : comment les Hollandais ont-ils pu connaître l'existence de la victime, alors qu'elle vivait depuis quarante ans sous un faux nom ? Certains d'entre vous les ont rencontrés : vous deux, bien sûr, dit-il au peintre et à Ahmed, Monsieur Boulard, notre gardienne, vous, me dit-il.

— Ah, non, pas moi, je les ai seulement entendus.

— C'est vrai, votre chat ! Comme ces deux jeunes gens, qui les ont entendus entrer chez la victime. Et je vous ai à tous montré leurs photos, personne ne les avait jamais vus dans l'immeuble auparavant, n'est-ce pas, Madame ? demanda-t-il à l'enseignante, changeant brusquement de ton.

— Mais je vous ai dit que non. Qu'est-ce que...

— Vous qui fréquentiez le vieux Monsieur, et saviez pourquoi il en voulait à la victime, êtes-vous sûr de n'avoir jamais au moins entendu parler d'eux ?

— Mais enfin...

— Cela suffit ! explosa son mari, on ne va pas recommencer à nous traiter comme des gangsters, non ! Viens, on rentre, dit-il à sa femme.

— Restez, je vous en prie, reprit le commissaire, il faut que ce point soit éclairci.

— Mais puisqu'aucun de nous ne les connaît, ni eux, ni Beerens, ni les brocanteurs, pourquoi nous retenir ? dit l'étudiant.

— Doucement ! Vous êtes bien pressé, jeune homme.

— J'ai un examen après-demain, alors...

— Désolé. Donc, nous avons déduit que quelqu'un de la maison devait être en rapport avec les Hollandais, ou avec Beerens lui-même. Aussi nous sommes-nous permis de faire des recherches parmi vos proches. Votre client a reçu notre visite, dit-il à François, et par lui nous avons pu avoir un petit bout de piste. Je vous présente de nouveau nos excuses pour avoir ennuyé vos familles. Vous n'auriez pas dû me cacher l'existence de votre oncle, me dit-il, il m'aurait sûrement appris comment vous avez eu brusquement de quoi vous acheter cet appartement.

— Ah, oui, comment ? demanda le patron du bistrot, curieux.

— En gagnant au tiercé, tout simplement, lui répondis-je. Mais je ne voulais pas que mon oncle soit ennuyé.

— Il ne l'aurait pas été, juste quelques questions.

— Ah, oui ? intervint de nouveau l'étudiant, sous les regards approbateurs des enseignants, mon grand-père a cru que ça n'en finirait pas.

— Justement, parlons de votre grand-père. Quel est son nom de famille ?

— Mais ? Kellermann, comme moi, vous savez bien.

— Et le nom de jeune fille de votre grand-mère ?

— Comment ? Mais... elle est décédée depuis cinq ans !

— Mais vous savez son nom. Puisque vous ne voulez pas le dire vous-mêmes, je m'empresse de le révéler. La grand-mère de ce jeune homme, qui n'était pas alsacienne comme la plus grande partie de sa famille, s'appelait Beerens.

Il y eut un sursaut général.

— Tout juste. Elle était la sœur aînée de l'homme d'affaires, et elle et son mari habitaient sur le même palier que la victime. Par notre gardienne, j'ai su qu'elle entretenait de bons rapports avec eux, ils lui ont même acheté un tableau.

— Mais c'était un faux, et on le lui a volé !

— C'est ce qu'il a prétendu. Jeune homme, vous m'avez menti vous aussi.

— Moi ? C'est trop fort !

Le visage de l'étudiant avait viré à l'écarlate.

— Vous avez prétendu ne jamais avoir rencontré les Hollandais, leur photo ne vous disait rien. Or, vous êtes venu pour vos inscriptions en fac, avant que votre grand-père ne vous laisse l'appartement, et vous les avez rencontrés chez lui. Ne niez pas, ils vous ont reconnu sur une photo de groupe que votre copain, qui ne se doutait de rien, avait prise dans un café, et que nous lui avions demandée sous un prétexte quelconque.

— Espèce d'abruti ! dit le jeune homme à son condisciple, qui se serrait dans son coin avec sa copine qui tremblait.

— Je vous ai dit, nous ne lui avons pas donné la véritable raison de notre requête. Quand votre grand-père s'est aperçu que le tableau était faux, il s'est adressé à son beau-frère, qui lui a envoyé les Hollandais. Pour se créer une sorte d'alibi, ils ont simulé le vol du tableau. Vos grands-parents connaissaient l'histoire de la victime, savaient le rôle que son mari avait tenu dans l'expertise des peintures retrouvées après-guerre, et se doutaient qu'il devait y avoir un Vermeer authentique chez elle ou dans un des appartements qu'elle louait : le dépôt du magasin, et celui de Monsieur Boulard. Vous avez porté plainte contre votre voisine, en même temps que plusieurs des locataires, parce qu'elle vous insultait. D'accord, elle était un peu dérangée, d'accord, elle n'aimait pas les jeunes, mais elle vous connaissait, vous veniez à Paris chez vos grands-parents depuis longtemps, elle avait donc une dent contre vous, ou plutôt contre votre grand-père, qui l'avait accusée de lui avoir vendu un faux tableau. Et puis, vous vous êtes coupé, tout à l'heure : comment saviez-vous que l'appartement de Bruxelles avait été cambriolé, alors que, de votre propre aveu, vous ne lisez pas les rubriques des faits divers ? Et que seuls les journaux belges en ont parlé ?

— Mais, on m'a dit... L'étudiant regardait alternativement dans ma direction et dans celle de Boulard.

— Ah, non, je ne vous ai rien dit à ce sujet, intervins-je, j'étais occupée lorsque vous êtes venu me voir hier, je vous ai dit d'attendre la réunion pour avoir tous les détails. Et Monsieur Boulard était avec le commissaire à ce moment.

— Et nous ne nous sommes pas rencontrés ces jours-ci, ajouta l'écrivain.

— Mais je ne suis pour rien dans le crime, voyons ! J'étais en vacances. Et il y a eu mes amis.

— À votre insu, superbe circonstance ! Mais vous leur aviez laissé la clef, pour qu'ils puissent utiliser votre appartement en votre absence, et vous étiez quasi sûr qu'ils le feraient. Je suis d'accord, ni vous ni votre grand-père n'avez eu l'intention d'assassiner votre voisine, seulement de lui voler le tableau, le vrai, ou peut-être les vrais. Les Hollandais et surtout le chauffeur ont été plus expéditifs.

— Et quelle raison aurions-nous eue de...

— Comme tout le monde : l'argent ! Vous sortez, vous partez aux sports d'hiver, vous avez une belle voiture, alors que le magasin de vos parents est en faillite, et que les ressources de votre grand-père ne sont pas extensibles. Et surtout, vous jouez au poker, et gros, à votre âge !

— Dites donc, je suis majeur. Et il y en a bien qui jouent au tiercé.

— Rien de comparable avec les dettes que vous contractez régulièrement, et que votre grand-père, qui vous passe toutes vos folies, n'arrivait plus à éponger. Et, quand on commence jeune à avoir ce genre de passion, on ne s'arrête plus.

— Il n'y a pas de quoi m'arrêter !

— Pour complicité dans une affaire de meurtre, vous allez au moins être mis en garde à vue. Votre grand-père vient d'être prévenu, lui aussi. Vous feriez mieux d'accompagner mon collègue, un petit tour à l'ombre vous remettra les idées en place."

L'étudiant protestait, mais il suivit l'inspecteur et rejoignit en sa compagnie deux agents qui attendaient en bas. Le commissaire, après avoir dit à son collègue qu'il les rejoignait sous peu, nous déclara l'affaire finie. Tout le monde applaudit, sauf les deux jeunes qui restaient stupéfaits de ce qu'ils venaient d'apprendre. J'allai vers eux pour les rasséréner, et la jeune fille m'apprit que ses parents, après sa réussite au bac, s'étaient un peu calmés et qu'elle pouvait rencontrer son ami, dont ils avaient admis qu'il n'était pas un voyou, sans plus se cacher.

— Mais, dites-moi, commissaire Maigret, demanda André, qu'est-ce qui vous a mis sur la piste du jeune Kellermann ? Le nom de jeune fille de la grand-mère ?

— Nous ne l'avions pas demandé au début de l'enquête, mais notre ami journaliste m'a dit avoir rencontré l'étudiant dans un cercle de jeu. Sachant que ses parents étaient dans une situation financière plutôt précaire, j'ai fouillé dans la vie du grand-père. Lorsque les Hollandais ont été arrêtés, ils ont mentionné cet homme que je n'ai eu qu'à cueillir et qui, d'après mes homologues de Strasbourg, dit avoir tout fait pour son petit-fils. Ah, Monsieur et Madame, dit-il aux enseignants qui allaient partir, excusez-moi pour avoir fait semblant de vous tarabuster, c'était une manœuvre pour que ce jeune homme se tranquillise et fasse une gaffe. Ne m'en veuillez pas trop.

— C'est déjà oublié. Mais qui aurait cru que ce jeune homme...

— Ce n'est pas un assassin, tout juste un petit c... qui a profité de la faiblesse de son grand-père. J'espère que cette histoire, qui ne lui vaudra qu'une peine minimum, lui mettra un peu de plomb dans la tête. Vous partez ?" demanda-t-il au journaliste.

— Avec mes remerciements, je file au journal taper mon papier.

— Eh, proposa André, si on se faisait un restaurant ? Vous en êtes, Monsieur Boulard ? Et vous, commissaire, et Madame ?

— Je dois aller d'abord au commissariat. Je vous rejoins ? Vous allez au restaurant chinois ?

— Je leur téléphone, nous sommes nombreux. dit André. Tu viens ?

— Une minute ! Il y a quelqu'un chez moi qui a faim. Et ce n'est pas un jour ordinaire.

— Ça, non !" dit le commissaire. Aujourd'hui, point final de l'affaire.

— Pas uniquement.

— Quoi d'autre ?

— C'est l'anniversaire de Socrate, notre témoin numéro un. »

TABLE DES MATIÈRES

I.	7
II.	10
III.	12
IV.	16
V.	18
VI.	20
VII.	22
VIII.	24
IX.	25
X.	32
XI.	37
XII.	39
XIII.	43
XIV.	48
XV.	51
XVI.	53
XVII.	54
XVIII.	56
XIX.	61
XX.	63
XXI.	66
XXII.	68
XXIII.	71
XXIV.	75
XXV.	77
XXVI.	84
XXVII.	87
XXVIII.	93
XXIX.	96
XXX.	102
XXXI.	106
XXXII.	113
XXXIII.	120
XXXIV.	128
XXXV.	134
XXXVI.	139
XXXVII.	146
XXXVIII.	149
XXXIX.	152
XL.	157
XLI.	162
XLII.	167

Autres Ouvrages de Micheline Cumant :

- *Monsieur Barbotin, Maître en Musique – Ou les tribulations d'un génie méconnu.*
Sous le règle de Louis XV, naît un garçon nommé Barbotin, enfant gâté par ses parents et qui rêve de gloire : musique, théâtre, opéra, rien ne résiste à sa veine créatrice ... sauf les musiciens et le public ! Se prenant pour un génie méconnu, il parvient à la célébrité ... comme dindon de la farce !   168 pages, BoD, décembre 2012.

- *Le Réveillon de Socrate.*
Dans un petit immeuble parisien vivent des professeurs, un écrivain, un homme d'affaires, un étudiant, une retraitée, un officier de police, des commerçants et la gardienne qui connait tout le monde et voit tout. Mais, un beau jour, un crime est commis dans la maison. Et il y a Socrate, le chat de la narratrice, qui a tout entendu ... C'est évident, les chats savent toujours tout !
148 pages, BoD, avril 2013, 2/août 2018.

- *Le Prince et ses Bouffons.*
David est professeur de piano. Il a la vie de tout le monde, les soucis de tout un chacun, avec un petit plus : la musique. Un jour, il rencontre un Prince qui lui fait entrevoir une autre dimension de son art, de sa vie et même de lui-même. Vladimir est un seigneur, vivant dans un autre monde. Mais peut-on jouer du Liszt, a-t-on le droit de montrer sa foi en l'art quand l'actualité surgit en un événement dramatique ? 308 pages, BoD, octobre 2013

- *Je m'ennuie…*
S'ennuyer ... concerne tout le monde et toutes les époques ! Que l'on soit une artiste peintre, une comptable, un chevalier du Moyen-âge, la Comtesse du Barry, une vache, un soldat en 1940 ou la Tour Eiffel, nous sommes tous confrontés à ce vilain parasite que constitue l'ennui. Cette série de nouvelles décrit des personnages qui ont tous en commun de s'ennuyer dans une vie monotone et grise et que cet ennui pousse à agir d'une façon ... logique ou non, selon les circonstances personnelles et historiques. Même les vaches et les pianos peuvent le dire !
142 pages, BoD, novembre 2015.

- *Shiva et le Sacrilège.*
Herbert, un anglais très riche, collectionneur, qui croit que son argent peut tout acheter, même les âmes… Et le dieu indien Shiva

n'admet pas que les objets qui lui sont consacrés deviennent des marchandises ! Il y a un sort jeté sur lui, sur son château, l'entourage de Herbert s'efforce de le prévenir. Lucy, la cavalière, est prévenue par ses animaux, Maureen, l'irlandaise, fervente catholique, sent qu'il se passe quelque chose et s'inquiète pour sa petite fille. Mais Herbert se croit invulnérable…
134 pages, BoD, avril 2016.

- *L'Ombre descendit sur le jardin.*
Sonia a quinze ans, l'âge où l'on se découvre, mais aussi où l'on se sent responsable et où l'on se culpabilise de ne pouvoir changer le monde. Au moment où des sentiments s'éveillent en elle, elle voit sa sœur aînée, qui a toujours été pour elle un soutien, un modèle, sombrer dans une déchéance dont elle ne comprend pas tout de suite la cause. Seule, Sonia est seule à pouvoir affronter la réalité, ne sachant à qui ou à quoi attribuer la responsabilité de ce malheur.
132 pages, BoD, juin 2016.

- *Les Eaux Profanées.*
L'histoire commence dans les temps reculés où régnaient les génies de la terre et des eaux. Le géant Eochaid a indiqué aux compagnons du roi Habis un emplacement pour bâtir leur ville. En échange, ils devront respecter la fontaine sacrée.
De nos jours, à Angers, un homme disparaît, on découvre une source souterraine … Étienne en cherche la raison, mais s'agit-il d'une banale nappe d'eau, ou de la source sacrée qui lui vaudra la vengeance du géant réveillé du fond des âges ? A-t-il rêvé, ou les légendes continuent-elles à vivre parmi nous ?
108 pages, BoD, juillet 2016.

- *La Mort dans les Cromlechs.*
Le superintendent Quint-William Rockwell espérait bien passer quelques semaines de vacances dans sa maison du Wiltshire, tout près des alignements d'Avebury. Mais on découvre un cadavre… puis un meurtre est commis… Il semble que l'on ait observé un rituel macabre… Et tout tourne autour d'une jeune cavalière dont il semble qu'elle n'ait laissé personne indifférent. La police locale, désarmée, finit par solliciter l'aide de l'homme de Scotland Yard qui, prenant conseil de son vieil ami, l'ancien magistrat Seamus Casey-Wynford, s'emploie à reconstituer les faits, mais aussi les ressorts psychologiques qui ont pu amener quelqu'un à devenir une sorte d'ange exterminateur. Fin musicien, le superintendent Rockwell démonte, examine les actes et les caractères comme s'il

analysait une fugue de Bach, mais tout en conservant la sensibilité d'une œuvre de Chopin… 240 pages, BoD, août 2016.

- *Nestor, un cheval dans la Grande Armée.*

« Et nous, les petits, les obscurs, les sans-grades… » Ainsi débute la tirade du vieux grognard Flambeau, dans la pièce « L'Aiglon » d'Edmond Rostand.
Dans la Grande Armée de Napoléon Ier, il y a les hommes, mais il y a aussi les chevaux. Eux qui pendant des siècles ont porté les hommes à la guerre, et à qui on n'a jamais rien demandé, ne sont-ils pas aussi des « obscurs et sans-grades » ? La parole est donnée au cheval Nestor, qui rejoignit l'armée impériale au lendemain d'Austerlitz et participa avec son cavalier, le simple soldat Henri Fourneau, à l'aventure de la Grande Armée jusqu'à Waterloo.
« Nos chevaux, ce sont nos jambes », dit le cavalier. Loin des spéculations politiques, des stratégies militaires, des luttes de pouvoir, les soldats, pour beaucoup arrachés au monde paysan, souvent illettrés, soignent leurs chevaux qu'ils considèrent comme leurs amis, cherchent à tirer de petits profits, et méditent sur les desseins des grands. Avancer, se battre, tuer… La guerre, c'est leur métier, celui du soldat et celui du cheval.
276 pages, BoD, juillet 2017.

- *Je joue du violon et je déteste les gares.*

Marie-Agnès est une jeune violoniste, premier prix du conservatoire, qui entame une carrière de musicienne d'orchestre. Nous sommes en 1974, et elle est une femme, elle a ses sentiments, ses inclinations, ses coups de cœur, et la vie d'artiste n'est pas de tout repos ! Elle doit composer entre son violon, ses amours, et l'aspect matériel de la vie, il faut bien la gagner !
Elle court à la fois après sa carrière, d'examens en concerts et en tournées, et après l'âme sœur. Elle est confrontée à la médiocrité, à la petitesse, à la souffrance des autres, à la méchanceté, mais elle cherche à traiter ces événements avec humour.
Et nous sommes en 1974, la pilule est autorisée depuis peu, et Madame Simone Veil présente la loi sur l'Interruption Volontaire de Grossesse. Marie-Agnès, qui ne s'intéresse pas à la politique, comprend qu'elle fait partie de la génération qui voit ces changements, qu'elle vit une époque qui décide de l'avenir des femmes.
Mais elle cherche aussi « sa moitié d'orange », un autre, un double, qui acceptera qu'elle le partage avec son violon…
272 pages, BoD, avril 2018.

Retrouvez les ouvrages de Micheline Cumant sur www.bod.fr et sur www.babelio.com

Retrouvez Micheline Cumant sur son blog michelinecumant.blogspot.fr et son site utmineur.jimdo.com